CB062740

A PORTA DO

Histórias da Vó Geralda

GERALDA DE BRITO OLIVEIRA
ISLA NAKANO
RENATA RIBEIRO

ABERTA SERTÃO

/re.li.cá.rio/

SUMÁRIO

9 Prefácio
Isla Nakano, Raul Sampaio & Renata Ribeiro

25 Ela mesma criou

31 Era uma sentença só d'eu mesma

47 Ah, se eu deixo você à míngua

73 Ô, meu Deus! Por que é que eu não enxergo?

77 Num carro de boi

85 Eu sei que cê tem arma também, mas antes d'ocê tirá ela eu já te dei um tiro no mêi da testa

91 Quem vai tomar conta de minha fazenda é você!

103 Eles pisam diferente do homem civil

121 Um vento no céu, bem no meiozinho do céu: um redemunho

133 Escuro, mais escuro do que a noite... "É, agora eu não sei nem onde a bala pegô"

153 Toda vida, desde novinha, eu queria ter minha vida livre

161 Você nasceu para guerrear, e não para ser vencida

181 Não tem sensação má quando a criança vem nascendo, tem é alegria

185 Essa mulher tem mistério...

205 A senhora é a dona Geralda? A bem-aventurada?

221 Tem hora que preciso apelar pro espiritual — se ficar no material, eu caio

227 No Sertão você é livre, livre e não tem medo

233 Aos que se foram

235 Agradecemos!

Prefácio

No Noroeste de Minas, nas margens com Bahia e Goiás, mora uma senhora que emana força por todo o cerrado. Sua casa não tem televisão, a sala é cheia de camas e em uma das paredes o olhar do quadro de um boi questiona a humanidade. Ao anoitecer, em determinadas épocas do ano, besouros procuram desesperadamente a luz, e caso alguém se esqueça de apagar uma das lâmpadas internas antes da externa dormirá com eles sobrevoando seus sonhos. Em outras estações, os besouros somem e morcegos habitam as telhas da casa, gatas ocupam gavetas de armários atrás de um local seguro para parir seus filhotes e aranhas partilham a convivência com cachorros. Lá é tudo meio encantado, lugar de tempo outro. São contações de histórias que movimentam as interações entre seres vivos. Na cozinha dessa casa há duas portas, uma leva à sala das camas e a segunda funciona como um portal para o espaço dividido entre horta e mesas enormes. O número de pessoas que passam por lá em apenas 24 horas é incontável, e, todo ano, no mês de julho, mais de 80 caminhantes pousam uma noite única no quintal dessa senhora, a Vó Geralda, para ouvir as histórias de um recorte de sua vida.

Uma pista de pouso com 1,2km de comprimento é um dos caminhos para a Fazenda Menino, casa da Vó Geralda. Localizada no município de Arinos, Vale do Urucuia — o *Rio meu de amor* do jagunço Riobaldo[1] —, a fazenda é conhecida por ter feito parte de um grandioso projeto de ocupação da região central do Brasil na década de 1950 e guarda em seu nome resquícios desse

---

1 | ROSA, João Guimarães. *Grande Sertão: veredas.* 22ª ed. São Paulo: Companhia das Letras, 2019. p. 58.

empreendimento comercial: Colônia Agropecuária do Menino. Em 1955, a empresa Colonizadora Agrícola e Urbanizadora S/A (CAUSA) adquiriu 90 mil hectares de terreno a 200km do que hoje é Brasília. A proposta era ocupar a terra e loteá-la em mil fazendas para formar a Colônia do Menino e delimitar uma área destinada à Cidade Marina, que seria construída no centro da extensão de terra onde, hoje, encontra-se a casa de Vó Geralda. O projeto arquitetônico dessa cidade foi concebido por Oscar Niemeyer e equipe, e o plano paisagístico ficou a cargo de Roberto Burle Marx. Paulo Peltier de Queiroz, superintendente da Comissão do Vale do Rio São Francisco (CVSF) nos governos de Gaspar Dutra e Getúlio Vargas, ficou incumbido do planejamento de colonização e assistência.

Essa é a região da bacia mineira do rio Urucuia, afluente do São Francisco, território dos municípios: Arinos, Bonfinópolis de Minas, Buritis, Chapada Gaúcha, Formoso, Pintópolis, Riachinho, Santa Fé de Minas, São Romão, Unaí, Uruana de Minas e Urucuia. Terra que tanto inspirou João Guimarães Rosa em *Grande Sertão: Veredas* e que hoje é ocupada por assentamentos de reforma agrária, posseiros, agricultores familiares, comunidades quilombolas, unidades de conservação e monoculturas da agricultura empresarial. Nas últimas décadas, com a expansão alucinada dos agro e hidronegócios, a área, assim como todo o bioma cerrado, foi atingida por uma grave crise hídrica, com veredas secando, cursos d'água assoreados e ameaça de desertificação. Ainda assim, a maioria da população permanece nas zonas rurais, tecendo relações com a natureza voltadas para a coletividade. Os povos e comunidades da terra resistem ao desmatamento e atuam com práticas agrícolas ancestrais para o autoconsumo, com laços culturais de vizinhança e com partilha sertaneja.[2]

O município de Arinos é constituído pela cidade homônima e pequenos distritos, como Igrejinha, Morrinhos, Sagarana, algumas vilas e pequenos povoados, e em sua zona rural está a Fazenda Menino. Vó Geralda nasceu no Arcanjo, um desses povoados, em 1941, e perdeu seu pai aos quatro meses de idade. Criada por sua mãe — mulher sertaneja de grandes sabedorias da terra —, conseguiu até estudar, mesmo diante das dificuldades da família. Durante boa parte de sua vida adulta, atuou como professora do ciclo de alfabetização e é, até hoje, muito querida por seus ex-alunos. As histórias de sua vida são compostas por experiências que caminham por todo o universo sertanejo: ancestralidades, infância da terra, casamento forçado, violências, perseguição política, estudo, saberes e curas locais, maternidade, religiões e manifestações culturais, emancipação de estruturas de aprisionamento de gênero, luta pela terra e envolvimento em movimentos populares.

Em 1968, ela foi contratada por um homem chamado Max Hermann, marido de Marina Ramona Gomes, também conhecido por seus investimentos imobiliários e atuação na área de importações/exportações. Não foram encontradas documentações oficiais que comprovem informações específicas das atividades profissionais dele. A CAUSA estava em nome de Marina Romana, mas, na prática cotidiana, Hermann era a figura

---

[2] | Trecho inspirado nas pesquisas do projeto O Caminho do Sertão. Ver: https://ocaminhodosertao.com.br/ | @ocaminhodosertao

responsável pelo latifúndio. Geralda mudou-se para a Fazenda Menino após receber uma proposta para dar aula na escola rural. Com o tempo, além de professora, ocupou o cargo de administradora da fazenda.

No período mais perverso da ditadura militar, o local passou a ser alvo de investigações da Operação Vasculhamento, executada pela Polícia Militar, que suspeitava tratar-se de um espaço de agitação comunista. Max era membro do Partido Comunista Brasileiro e monitorado pelos militares. Nos documentos compartilhados pela Comissão da Verdade em Minas Gerais, o relatório da operação aponta que materiais encontrados nos pertences de Marighella, após sua morte, traziam a possibilidade de a Fazenda Menino ser uma área tática de resistência comunista. A narrativa de Vó Geralda aponta que por ali passaram muitos nomes do movimento comunista, incluindo Marighella, e que algumas vezes a chamavam para servir um cafezinho ou ajudar na alimentação dos que pernoitavam. Ela, que na época nem sabia o que era comunismo, teve seus direitos humanos violados, foi vigiada, torturada e, entre as violências sofridas, separada de seus filhos.

O episódio ilustra como o sertão mineiro, tradicionalmente abandonado pelo Estado, era mapeado, cercado e controlado durante todo o regime militar. Uma professora rural que administrava loteamentos de um latifúndio foi torturada. Por quê? Qual a história dessa investigação? O que aconteceu com a Colônia Agropecuária do Menino? Como é que o projeto da Cidade Marina nunca foi concretizado? Essas são algumas das muitas questões que estudiosos e interessados na região procuram responder ao parar para um cafezinho na casa de Geralda. O relato de sua chegada à fazenda, a experiência com os militares perversos e a vivência de habitar o espaço de um projeto inacabado fazem parte da contação de histórias que ela ministra aos andarilhos d'O Caminho do Sertão todos os anos. As informações sobre o grandioso projeto de Niemeyer, as torturas sofridas e a experiência como professora; a noção de como era administrado o local; e as histórias de nomes da resistência comunista são os principais motivos pelos quais dona Geralda, como alguns a chamam, é tão famosa. A narrativa trançada por essas perguntas foi contada, criada e recriada pela avó inúmeras vezes — propostas de livros e documentários nunca lhe faltaram.

O projeto O Caminho do Sertão promove, anualmente, uma vivência-mergulho literária e socioambiental no universo de João Guimarães Rosa e do cerrado dos Gerais. Nela, caminhantes percorrem a pé quase 200km sertão adentro e parte do caminho realizado por Riobaldo, personagem central do livro *Grande Sertão: Veredas*, rumo ao Liso do Sussuarão.[3] A segunda noite da imersão transcorre no quintal de Vó Geralda, e é ali que os andarilhos escutam algumas de suas histórias. Mas mesmo antes d'O Caminho do Sertão existir ela já recebia visitantes atrás de seu depoimento. Existe um desejo coletivo que é o de conhecer e refletir sobre os mistérios da cidade que nunca aconteceu. Grandes nomes da resistência nacional compõem a história da Fazenda Menino, o que atrai pesquisadores. Para este

---

3 | Ver: https://ocaminhodosertao.com.br/ | @ocaminhodosertao

livro acontecer foi preciso contar com o apoio de inúmeros amantes da literatura roseana e interessados nas lacunas documentais da história local. Há uma grande expectativa de que a publicação atue sobre os mistérios do grandioso projeto e traga elementos inéditos de determinados membros do Partido Comunista. Talvez sim, talvez não.

É preciso caminhar por uma pergunta que possivelmente tenha ficado em segundo plano durante as vezes que a Vó sentou para narrar sua experiência como a parte viva do projeto de Niemeyer — que ficou apenas no papel — e da terra pisada por tantos nomes de homens do PCB: qual é o desejo de Geralda de Brito? Um livro. Um corpo-livro para deixar a seus netos, bisnetos, filhos e quem mais se interessar por histórias de como eram as coisas antigamente, por sabedorias do sertão, por como tudo aconteceu em sua vida e, principalmente, "pra ocês lerem que as coisas eram diferentes, pra ocês verem como era".

O livro não agradou as primeiras pessoas que tiveram contato com ele, mas desde seu início trouxe muita alegria para ela — são páginas caminhantes de seu desejo. Vó Geralda não consegue mais ler, a diabetes levou a maior parte de sua visão. Durante os últimos quatro anos, ela escutou atentamente a mutação de sua fala em escrita, e a bússola dessa travessia foram seus comentários e reações. Emoções, risadas e o comentário "sou eu, tá igualzim" foram o ponteiro indicando o Liso do Sussuarão. Quando ela dizia "tá muito bonito, pode fazer a alteração que ocês quiserem" significava que a jornada havia tomado o norte do ocidente europeu e era preciso retornar aos domínios do desejo dela.

O coletivo parceiro d'O Caminho do Sertão que compartilhou a composição deste livro com a Vó Geralda é formado por três ex-caminhantes: Isla Nakano, escutadora perguntadeira, responsável pela pesquisa de história oral e pela edição das transcrições; Renata Ribeiro, observadora curiosa, encarregada da pesquisa histórica e da partilha da edição nomeada "pontuação-sotaque"; e o cuidador de micróbios e conversador fiado Raul Sampaio, que gravou as mais de 40 horas de conversações-imersões e produziu, em derivas-devaneios, o projeto. A publicação também contou com as ex-caminhantes Elisa Esposito, produtora da primeira parte do projeto, e Paula Harumi, ilustradora. Almir Paraca e Sandino Ulchoa, d'O Caminho do Sertão, produziram o projeto e suas andanças.

Para as filmagens e outros registros das contações de histórias de Geralda foi realizada uma imersão-vivência de 14 dias na Fazenda Menino. As lentes foram dirigidas em uma proposta de organicidade poética sensível, como uma câmera que sobe pela terra. As escutas foram atrás das histórias do corpo por meio de ativações de estímulos sensoriais, tudo estruturado em estudos de oralidades *Griots* e a partir das criações e inspirações de artistas e pensadores que atuam em memórias do corpo. Durante a imersão foram utilizados materiais como uma caixa de cheiros para auxiliar a memória — alecrim, barbatimão, entre outros —, bolinhas chinesas para a avó manusear com as mãos, uma escolinha da madeira em miniatura, cremes específicos para massagear as mãos, bonecas e outros brinquedos. A pesquisa para escolher os materiais teve por base o efeito de cheiros e objetos na memória, bem como a importância de estimular o tato durante narrações de histórias. Para seguir a trilha do desejo da Vó Geralda, o coletivo se propôs a escutar as histórias com o olhar inspirado em crianças indígenas que se sentam ao redor da fogueira para ouvir os mais velhos. As perguntas foram pensadas como estímulos intercessores, jamais como entrevista.

Os transcritores dos áudios respeitaram cada silêncio, cada *você*, *ocê* e *cê* da fala da Vó; fizeram um trabalho de corpo profundo para escutar-viver a história. A primeira leva foi feita por Isla e Renata para que pudessem auxiliar os próximos no processo. A edição-escrita se movimentou por diversas frentes, porém sempre habitando o sonho da Vó. Na fala existem recursos que a linguagem escrita não contempla — são pausas, silêncios, gargalhadas, cacoetes, entonações da voz, movimentos das mãos, entre outros —, por isso muitos acreditam que uma transcrição é algo insuportável de ser lido. Na transformação de linguagens algo sempre se perde. Essa é a justificativa usada para inúmeras histórias de vida transformadas em livro terem suas narrativas chacinadas, completamente ocidentalizadas em nome da escrita. São diversas as histórias gravadas em formato de entrevista, com roteiros que buscam apenas o foco do projeto e não caminham pelo desejo de quem conta a história. Chamar uma escutação-conversação de entrevista é matar o que há de mais precioso na memória oral: a passagem de saberes por meio de histórias & estórias. Foi preciso cuidado, respeito, minúcia e uma convivência de quatro anos para encontrar o tom escrito da fala de Geralda e manter sua sabedoria na composição de palavras, sem apagar seu jeito de falar, já que é nele que talvez contenha a mais profunda de todas as histórias do livro.

Em maio de 1952, João Guimarães Rosa acompanhou uma boiada, fez um mergulho no sertão mineiro e experimentou a linguagem da região como ninguém. É só fechar os olhos e escutar dona Geralda de Brito: ela é Riobaldo e Diadorim. Este livro pode ser lido em qualquer ordem, de trás para frente, do meio para trás e do começo ao fim. São pequenas histórias dessa vida de muitas intensidades. Num dia quente ou muito frio, é possível deitar na rede, abrir o livro, ler apenas uma história e caminhar pela sabedoria que há nela por toda uma existência.

Vó, o sertão é a senhora. Chegamos em sua casa para escrever um livro e ganhamos uma amiga, uma avó. Talvez aquela que nunca pudemos ter. A senhora nos disse: "Daqui não saio, velho precisa de chão, de terra". Sua história nos mostra que todos nós precisamos disso.

Isla Nakano
Raul Sampaio
Renata Ribeiro

A MARINA.

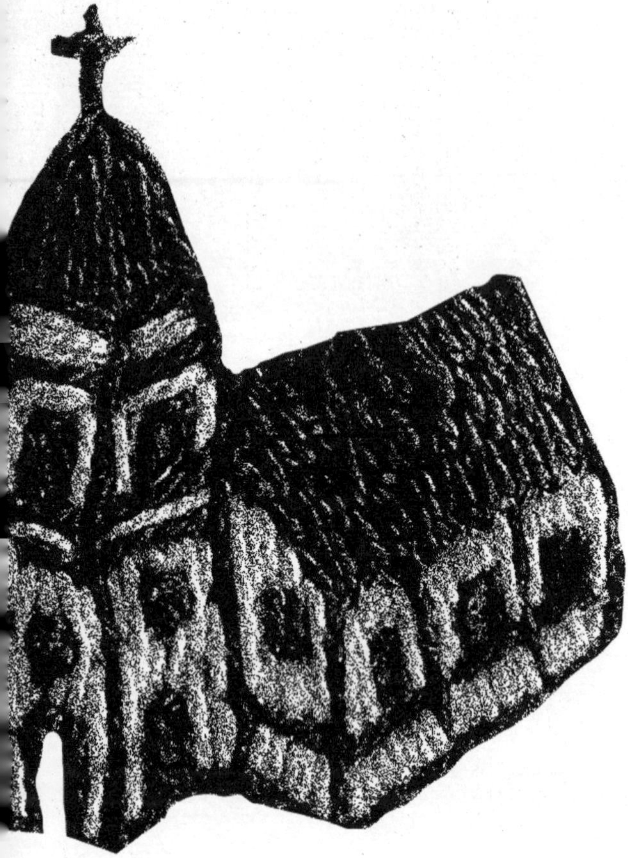

Eu achei que escrever livro era que nem os antigo fazia com as carta: sentava e escrevia. Depois colocava no envelope e tava pronta pra enviar...

É muita história por trás da história.

Eu sempre desejei! Desde eu nova pensava: *será que um dia vô tê a licença de escrevê um livro?* Tanta história passou, condenação sem ser condenada, pobreza, internação, muita luta e as conquista... Nunca tive coragem de encostar num homem ou mulher escritora pra pedir. Até apareceu condição, oportunidade, mas muitos pensamento impedia de fluir — era coisa ainda viva demais dentro mim, difícil de falar. Agora tô é alegre, é muito mais que livro escrito, é livro de história contada.

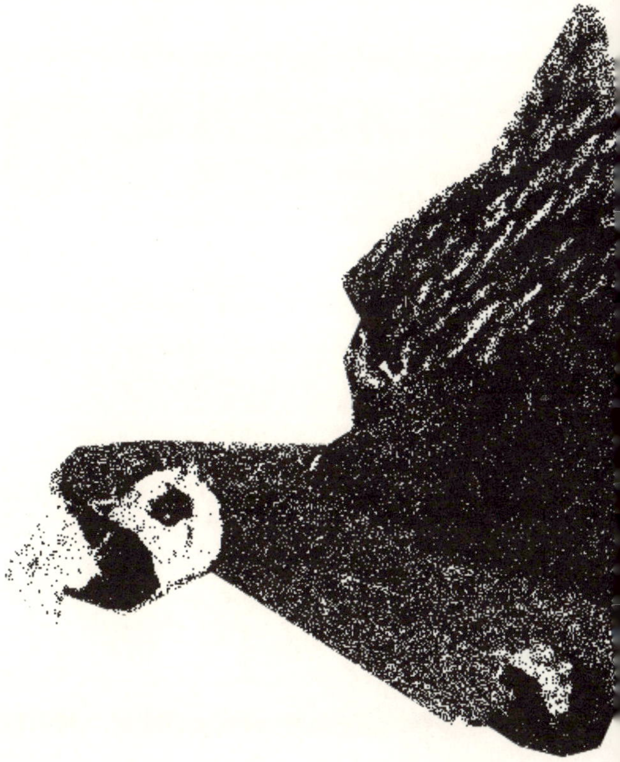

Ela mesma criou

Minha mãe era natural daqui mesmo, habitava a região de Igrejinha. Ela nasceu lá pro lado do Angical. Uma moça órfã, causa que a mãe dela morreu — quando era ainda criancinha, d'uns quatro aninhos — no parto do irmão. O pai era muito cachaceiro, não deu para criar ela, nem o irmão pequeno. Eles foram criados pelos avós. Quando mãe tava com idade de 12 pra 13 anos, seu avô foi preso e a sua avó morreu, por isso ela foi acabar de criar com o padrinho. Naquele tempo, se faltasse mãe, pai, avô e avó, quem criava eram os padrinhos. A família determinava, era a lei da Igreja Católica.

D'uns tempos, ela ficou moça e arranjou namoro com meu pai em festa famosa: festejo de Santa Cruz. Foi aí que o padrinho dela soube do namoro, brigou com ela... Disse que não abençoava o casamento porque meu pai era muito novo, moleque. Apois, num dia, ela saiu da casa do padrinho e foi morar com a avó paterna: Maria de Brito. Lá meu pai pediu o casamento com ela — a véu. O padrinho dela não aceitou, nem foi. Minha mãe casou tendo 22 anos com meu pai de 18: — Ocê é parecida com seu pai. Até as estripulias de seu pai cê tem, Geralda. — Quando a mãe tava assim, tranquila, ela contava história.

Meu pai? Não nasceu por aqui: veio criança de Paracatu de Seis Dedos — perto de Pirapora. A mãe dele faleceu e um fazendeiro da Cuia — que era desses do Ramalho, povo rico — trouxe ele pra criar ainda criancinha. Hem? Não sei se eram aparentados não. Desde jovem meu pai era vaqueiro desse padrinho dele, Claudemiro, que era casado, mas não teve filhos. Meu pai cresceu em fazenda plantando lavoura e cuidando do gado. Não! Ele não era dono de terra, só que tinha um pouco de gado e criava cabra.

Dizia minha mãe que ele caducava comigo uma coisa mais terrível![1] Quando ele chegava em casa, ela tinha o direito de me pegar só pra dar de mamar: — Ah, ando demais, passo o dia quase fora. Eu tenho que ficá com minha fia a hora que eu chego — ele dizia.

— Geralda, se seu pai fosse vivo, cê não prestava pra nada! Ô homi que tinha uma loucura — a mãe falava assim...

Um dia, meu pai chegou apavorado do campo: deixou o gado solto e entrou em casa pra me ver. Ele carecia de me ver antes de prender: — Antônio?! Vai prendê o gado! Depois cê vem pegá essa menina...

— Ê, já vou prendê o gado! Só vou dá um cheirinho... Sabe o que vai acontecê?! Eu vou mandá fazê uma ponta de cabresto bem grande, pra deixá o cavalo lá fora do terreiro e vir desfiando o cabresto até na rede de minha fia, dentro do quarto.

Minha mãe pensou que era brincadeira dele! Daí a pouco, ele chegou com um cabresto feito com essa ponta enorme de couro cru, trançado. Ele descia do cavalo e vinha puxando a corda do cabresto até a minha rede. A mãe ficava admirada: — Como uma pessoa tem uma cabeça dessa?! Por causa dessa menina fazê um cabresto desse comprimento?! — Ele respondia só: — É por-

---

1 | "Caducar de uma coisa mais terrível", segundo Vó Geralda, é ter um amor enorme acoplado ao desejo de passar tempo junto.

que não posso deixá o cavalo saí do lugar. Eu tando, eu puxo na corda.

Deus chamou ele quando eu tinha quatro meses. Meu pai faleceu com 20 anos. Só teve eu — filha pequenininha. Ele tava com 2 anos de casado quando começou com pneumonia, uma dor no peito e deu uma doença: vomitava sangue vivinho. Dava febre muito alta — ele foi morrendo... Minha mãe contou que quando ele tava passando mal-mesmo-de-morrer, ele levantou da cama, foi na rede e falou assim:

— Maria, vem aqui! Eu não vou escapá dessa... Não tem como eu escapá... Já tô quase finalizando. Mas você vai cuidá da minha fia direitinho, e se ocê não dé conta, dá ela pra meus padrinho criá, como me criou. Porque é muito difícil pr'ocê criá uma menina sozinha, sem tê ajuda...

— Eu não vou dá minha fia não, que eu só tenho ela... Como é que eu dô?! — Ela não quis dar... Deu pra batizar, mas pra criar não! Ela mesma criou.

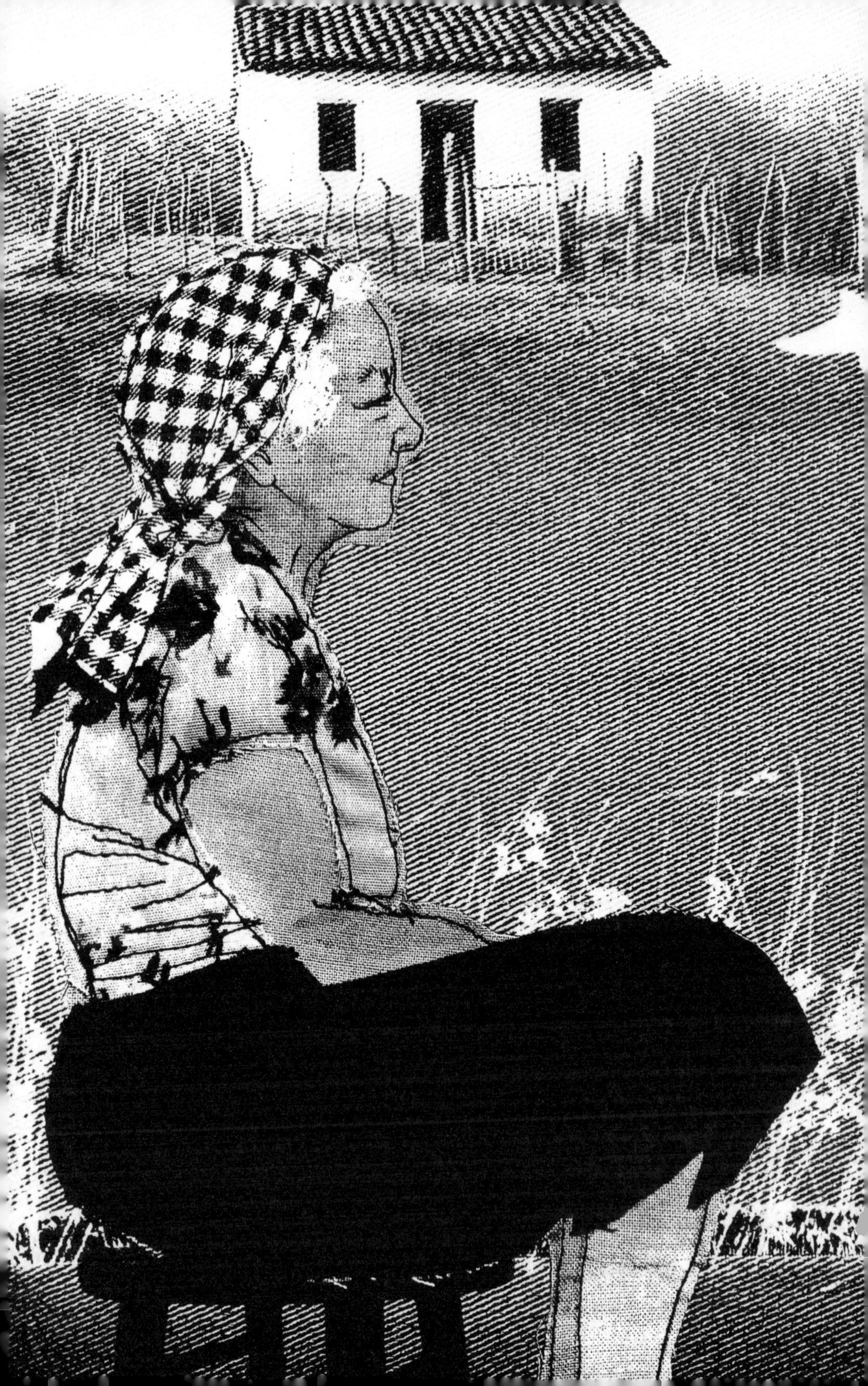

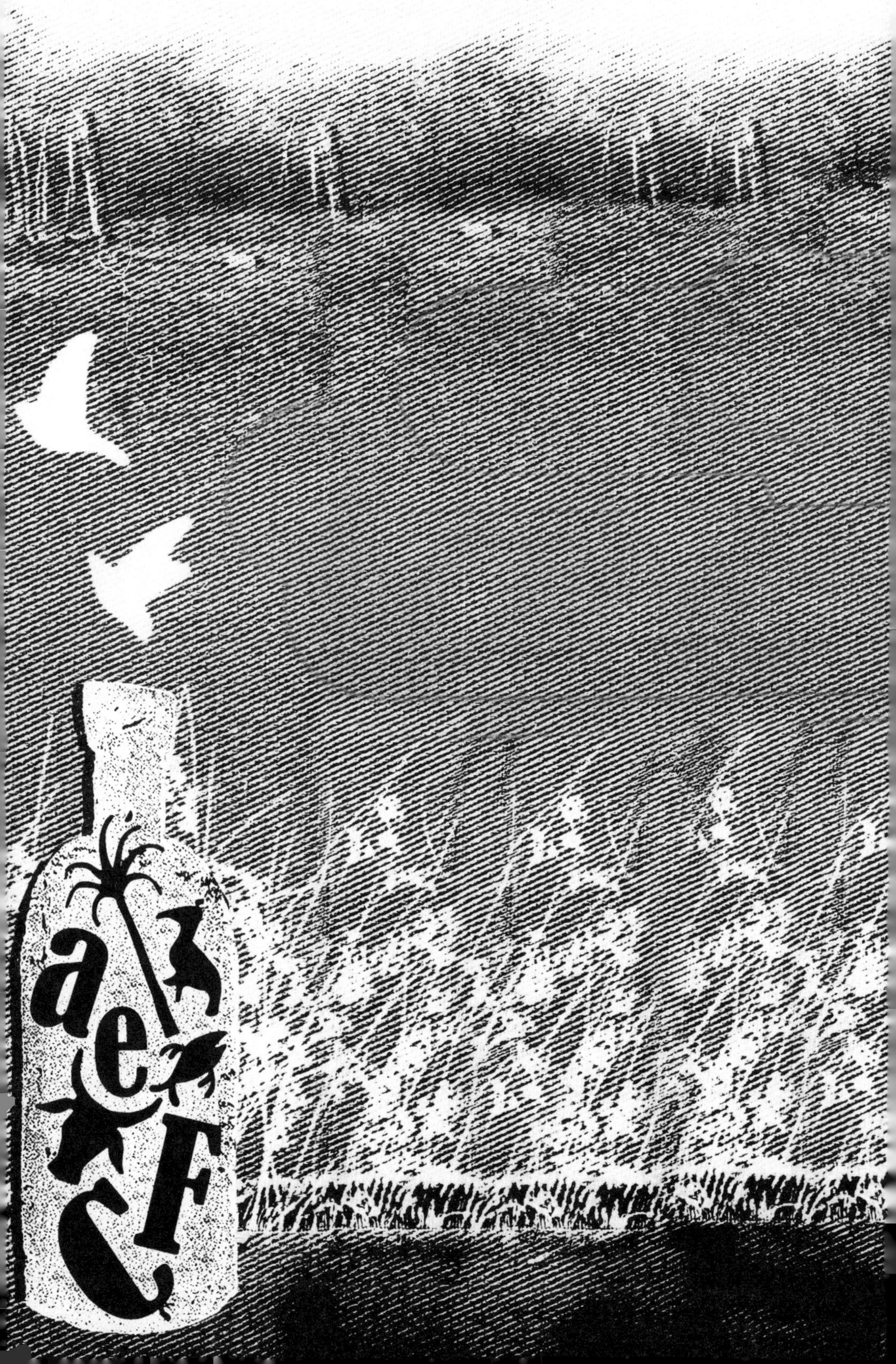
aeFC

Era uma sentença só d'eu mesma

Casei. Virgem até de beijo, com 19 anos. Nem meu noivo tinha me beijado antes do casamento. Não casei porque queria, foi um combinado da minha mãe, e eu, pra fazer o gosto dela, casei. Tô vivendo até hoje — tem 60 anos. Tinha hora que eu pensava: *vou largá esse homem. Não cuida de mim, não faz nada. Vou largá...* Mas não dava. Se largasse, eu ia ficar desmoralizada na parte da família da minha mãe e do meu padrasto, que me considerava muito.

Como foi que eu casei? Foi em festa de Bom Jesus, lá pro lado de Arinos — antiga Barra-da-Vaca. O lugar do festejo chama Brejo até hoje! A festa era um primo meu que fazia, e mãe era biscoiteira e rezadeira lá todo ano. Aí um dia a mãe falou: — Vai, Geralda, se arruma! Ocê vai pra festa, nós vamo pra festa. — Eu não tinha contado nada pra ela... Mas um rapaz, que era até parente meu, tinha mandado recado pra mim: ele ia na festa de Bom Jesus pra combinar de namorar e casar comigo. Eu já estava confiada que ia arranjar casamento com ele.

Chegamos na festa de noite. Quando minha mãe foi rezar, eu fui pra sala junto com o primo que, como eu disse, era dono da festa, e ele falou comigo: — Geralda, vou te contá uma coisa... Tem um rapaz aqui do Brejo que vai namorá com ocê pra casá, ele é o filho do véio Zé Louro. O véio Louro vai falá com sua mãe pra casá ocê com o filho dele. — Foi aí que eu pensei: *em vez de sê o rapaz que já tinha me mandado recado, era o véio Louro que ia pedí casamento pro filho dele?!* Aí entendi.

— Hem? É o véio Louro que vai falá com mãe? — reprovei.

— É! O véio Louro vai falá pr'ocê casá com o filho dele. Pois é bom! — ele continuou.

— Por quê?! — perguntei.

— Ah, porque é de boa família... Povo trabaiadô! Povo honesto! São gente boa — ele explicou.

— Apois um outro rapaz que me mandou recado também é boa gente. É até parente meu! — tentei...

Todo mundo começou anunciando que o Zé Louro ia pedir casamento pro filho dele comigo. Pois esse filho de Zé Louro chamava era Zeca — onde eu ia, ele tava atrás. O rapaz parente meu, que já tinha me mandado recado, ficou desconfiado e foi embora — com raiva —, nem falou nada com minha mãe de arranjar casamento comigo.

No outro dia, amanheceu e Zeca foi com o pai dele até a casa da minha mãe para falar com ela. Chegou lá, o Zé Louro disse:

— Ah, o Zeca, meu filho, tá gostando de sua filha. Ele qué casá com ela. O que a senhora fala, dona Maria?

A minha mãe respondeu: — Aí é com ela, se ela quisé...

— Mãe, eu não quero casá com esse rapaz. Eu não tenho muita vontade de casá com ele não...

— Geralda, cê vai tê que casá. Ele é muito trabaiadô, muito boa pessoa, muito direito. Vai casá!

Combinaram lá pra daí um ano fazer o casamento e, de vez em quando, Zeca ia lá em casa. Até que chegou o tempo de casar. Minha mãe dizia: — Eu não caso filha minha em primeiro casamento no civil. Eu caso minhas filhas tudo na Igreja Católica — o véio Louro concordou.

Percorreu o ano... Foi uma guerra. O véio Zé Louro pediu à freguesia do padre que fizesse o casamento na casa dele. No dia do casamento, o padre chegou e não tinha ordem do bispo, arcebispo — sei-o-quê-lá — pra fazer o casamento. Só tinha ordem de fazer na igreja! Tinha a igreja de Arinos e a igreja de Morrinhos. Aí foi uma briga pra poder fazer esse casamento. O padre sem querer fazer e Zé Louro obrigando o padre a fazer porque já tinha muita despesa da festa. O padre resolveu: fez o meu casamento com Zeca. Casamos...

Eu tinha ainda a herança do meu pai, que não acabava não — minha mãe multiplicava. Então ela mandou fazer o vestido em Januária, que era muito da vontade dela. Comprou grinalda, véu — aquela bagunçada — e fez os preparativos. O casamento até que foi bem feito. O véio Zé Louro arcou com a festa: ele queria demais que o filho dele casasse comigo. Mas bem que, depois de casado, o filho dele sentava o cacete ni'mim.

Os primeiros aborrecimentos chegaram quando eu fiquei grávida — tive muito enjoo, sentia muita dor. Hem? O Zeca nem ligava! Qualquer coisa que me dava vontade de comer, tinha que mandar recado pra minha mãe trazer. Às vez, eu falava com ele: — Ô, Zeca, eu queria tanto comê uma caça... — Ele só dizia: — Ah, eu não vô caçá nada pr'ocê comê não... Cê se vira! — E eu ficava aborrecida com aquilo. Ele não preocupava com nada. Até hoje ele não se preocupa.

Veio o primeiro filho: o Zezinho — foi o maior sofrimento. Gravidez naquele tempo era ir pra roça — capinava grávida até um mês antes de ganhar. Tomava era remédio do mato, purgante. A hora que entrava no último mês, a parteira vinha e dava a gente um purgante de azeite de mamona. Fazia com sumo de hortelã ou menta, arruda, e dava pra poder limpar o intestino. Assim a dor do parto já vinha pesada pra ganhar. E era parteira! Nunca consultei um médico no parto dos meus primeiros filhos. Eu vim consultar um médico no sétimo filho. Quando eu fui ganhar a Marina — eu já tava aqui na Fazenda Menino —, aí veio um médico fazer o meu parto. Quando chegou, eu já tinha ganhado...

O primeiro foi criado com mingau de puba e de crueira, até sem leite — naquela época, nem leite arranjava... Quando eu tive o Zezinho, antes de inteirar um ano, a Fátima nasceu. Não deu tempo dele mamar, teve que desmamar foi logo.

Pra ganhar a Fátima, eu tinha tanto medo que pensava: *vou morrê, agora chegô o fim*. E peguei aquela cisma que ia morrer. Quando deu o dia da menina nascer, quase que não espera nem a parteira: nasceu rapidinho. A terceira, a Lúcia, se eu não tivesse com a parteira em casa, tinha nascido sem parteira. E fui ganhando, tudo parto normal, no começo...

A gravidez da roça era pesada. Só que as mulheres também eram desenvolvidas. Ninguém ficava preocupada com gravidez não: era igual as vacas. Não era igual hoje que tem pré-natal, tem isso, tem aquilo, e ainda não ganha...

O Zeca nunca dengou filho... Ele nem quase pegava nos filhos. Às vez, eu queria fazer alguma coisa, e o menino tava chorando. Eu pedia assim: — Zeca, toma essa criança aqui! — Ele respondia: — Eu não! Bota ele na cama. — Os filhos dele quem criou tudo foi eu só. Ele nunca preocupou com filho não, nem pra nascer. Eu tava grávida e, mesmo no dia que a criança ia nascer, quem buscava a parteira eram os outros: meu povo e minha família tomavam conta de mim.

Com o Zezinho, eu dei a dor — quase morro. Passava mal, duas pessoas me seguravam... Aí a parteira: — Uai, por que não chama o pai desse menino pra ficá com Geralda e segurá? — Era uns parto tão difícil... Zeca vinha e não sabia segurar. Eu falava: — Não, não, não dá certo! — Ele saía. Quando o menino nasceu, minha cunhada, muito boa gente, disse: — Vai chamá o pai! Vai chamá o compadre Zeca pra vê o neném. — E eu: — Não! Se ele quisesse vê, ele tava aqui. Chamá pra quê?! — Eu nem sei... Eu tava tão ruim que nem sei se chamou.

O Zezinho nasceu todo machucado... Eu fiquei com raiva quando nasceu — eu queria era menina mulher. Ele nasceu homem. Fiquei toda contrariada esse dia: além de ser homem, feio e todo machucado. Se não tivesse tirado rápido, de certo que morria — tá aí até hoje, malcriado que só ele. Era muito difícil. Minha vida não foi fácil não...

E então começou a vida de pobreza, os cinco anos de sofrimento! Nós mudamos da fazenda do véio Louro pra perto da minha mãe: Fazenda de Santa Maria era o nome. Moramos por lá, numa casinha. Meu irmão foi quem fez a casa pra mim, de palha, taipa, feita de barro. Nesse tempo, eu tinha coragem. Eu mesma fiz as paredes e morava lá. Até que veio aquela pobreza, pobreza...

Os primeiros filhos passavam muita necessidade, não tinha leite. Às vez, eu cozinhava mandioca pra dar no café da manhã, outro dia uma batata, mas não tinha, assim, permanência de pão e aquelas coisas... Outra hora, fazia um beiju de mandioca ralada, espremia num uru[2] feito de palha — trança de palha — pra fazer esse beiju deles tomar café. Quando eu via que o negócio tava muito fraco e as criança não tava bem, eu ia pescar. Pescava de facho de fogo. Outra hora pescava de anzol. Os meninos dormiam e saía eu mais Zeca de noite pra pescar. Entrava dentro da água com um facão, ele com facho de fogo e eu com o saco pra pôr os peixes. Aí pescava. Quando amanhecia o dia, tinha peixe pra comer.

Cachorro criava só um, pra não morrer de fome. Apois não tinha comida suficiente pra dar — era só um. Quando a gente enjoava de peixe, saía com o cachorro

---

2 | Cesto de palha com alça.

que botava tatu no buraco, pegava meleta[3] e aquele luís-caixeiro. Quando era na beira do rio, pegava paca. Aí a gente enchia de caça e voltava pra casa. Aqueles dias tinha comida. Caçava de enxadão, facão. Tinha espingarda também, mas essa quase não era usada. Hum? Pra pegar o luís-caixeiro, o Zeca subia no pau e descia com o cacete. Matava assim ou de facão. A paca? Matava de enxadão, e o tatu já é mesmo do buraco que pegava.

Agora, o Zeca também caçava era veado. Zeca não errava tiro — aquilo é bom no tiro até hoje, véi desse jeito. Nasceu no embigo atirando de espingarda. E era assim a vida: pobreza pra deixar doente. Antes d'eu casar com ele, não precisava disso não... Eu pescava porque toda a vida eu tive o instinto pra isso. Ia no rio pescar porque queria, mas não que faltava comida pra comer não!

Minha sogra fazia almoço quando as crianças tava passando necessidade. Hem? Comida feita lá na casa dela, não trazia pra mim fazer não — ela levava pra mim a comida. Porque não era igual hoje, que vai lá no mercado e compra um fardo de arroz, de feijão, uma caixa de óleo. As coisas era da roça. Uns tinha muito, outros era menos. Eu tinha cisma de falar pra minha sogra que eu tava passando fome...

Teve um dia que eu fiquei agitada, as crianças danou a chorar com fome. Eu dava eles uma rapadura — aqui não faltava era rapadura. Moía no escaroçador e dava

---

[3] | O Tamanduá Mirim (Tamanduá colete ou Meleta) é um mamífero pertencente à família *Myrmecophagidae* e à ordem *Xenarthra* (animais desdentados). É encontrado somente na América do Sul, em áreas florestais, cerrados e campos.

melado com farinha ou beiju, mas criança tem épocas que eles não quer não. Não queria de jeito nenhum. Eu dava pros meninos, os meninos não queria, e aquela confusão...

Nesse dia foi assim: *não vou ficá nessa vida infeliz, nem vou contá pra ninguém... Vou é fazê uma comigo mesma* — pensei. Lá onde eu morava, na Fazenda do Porco, tinha muita formiga que comia o feijão catador, comia as mandiocas tudo, por isso sempre tinha formicida... Foi a única vez que eu fiz palhaçada de doido. Falei comigo: *eu vou é me matá. Vou bebê uma pomada de formicida, aí eu fico livre de sofrê e nem contei porque morri. Porque se eu morrê, minha família toma conta desses menino, num deixa passá fome.*

Então, fui lá no rio cedinho, lavei a roupinha dos meninos tudo. Botei pra enxugar até que deu a hora de fazer o almoço, e eu não tinha o que fazer: *vou banhá meus fí, penteá o cabelo dessas menina e deixá elas tudo limpinha.* E foi o que eu pensei. Eu banhei eles, que estavam chorando querendo comer, vesti as roupas neles, joguei uma esteira velha lá e disse pra eles: — Fica aí! Eu vou ajeitá um negócio. — Ajeitar era o veneno. Peguei uma xícara daquelas, que o povo velho falava que era de beber veneno, de tamanhozinho, só dá um gole de café. Minha mãe mesmo falava: — Xicrinha dessas é de bebê veneno. — Preparei o formicida...

Apanhei o cabo de colher no pacote do formicida pra botar na xícara e, quando eu estou botando, a minha sogra entrou: — Ô, Geralda, cadê ocê, minha fia? — Peguei a xicrinha e botei em cima do jirau, tampei: *Ixe!*

Essa véia vem pra cá uma hora dessa... — pensei. Ela chegou com uma tigelona de comida:

— Geralda, eu vim trazê a comida! Zeca tava lá jogando baraio e eu vim cá com uma tigela de comida pr'ocê dá pros seus fi. Por que você não foi almoçá lá mais nós?

Ela apanhou os pratos, repartiu a comida pros meninos e botou eles pra comer. — Toma aqui a sua, Geralda. Vem comê! — Falei: — Ô, Dinha, deixa aí, depois eu como. — Não! Cê vem comê agora, senão ocê não come, né. Se eu botá em cima do jirau pode caí, e eu quero que cê coma agora — ela disse.

Como eu gostava daquela veinha! Demais. *Ô, infelicidade! Agora que tô de barriga cheia, vou bebê esse veneno mais não. Vai sabê! Essa véia veio me atrapaiá*, mas assim foi que eu pensei. E ela embirrou uma tigela de comida e apanhou o prato: — Cê come um pouco. — Ela me deu na mão. Eu tive que comer.

Ela chegou na hora do almoço e foi sair já era quase 5 horas. Ficou conversando com os meninos e comigo. Quando ela saiu, os três meninos ficaram tudo alegre, brincando pra lá. *É! Agora num vou bebê mais veneno não. Vou guentá essa vida pestiada até o dia que Deus quisé. Vou bebê mais não*, falei comigo. Fui lá, apanhei a xícara que já tava com um pouco de veneno e zuni dentro dum podoinho.[4] Na fazenda tinha uns podoinho

---

[4] | O gênero *Copaifera martii Hayne* ocorre na América do Sul. No Brasil, no Pará, Maranhão, Piauí, Ceará, Tocantins, Goiás, Bahia, Mato Grosso e Minas Gerais. É conhecido como "copaíba-mirim", "podoinho", "pau-d'óleo-mirim", "Guaranazinho". *Dictionary of Trees*, Volume 2: South America: Nomenclature, Taxonomy and Ecology.

que nem cobra ensebada passava lá. Caminhei e joguei a xícara de veneno dentro do podoinho e voltei.

Hum? Podoinho é um pau que tem. De primeiro tinha demais, agora não. Joguei esse trem pra lá e acabou a coragem de beber veneno. Depois que eu não bebi, guardei o pacote de formicida com medo das crianças. *Nunca mais eu vou fazê isso de bebê veneno. Se tivé de morrê, morro! Mas não de matado por mim*, foi o que pensei. Até o veneno a Dinha — na bondade toda dela — me tirou de beber. Eu amava ela. Se não era eu gostar tanto dela, não ia comer. Ela era gente boa. O Zeca? Nem ligava. O Zeca era distraidão pra lá, tava nem aí — nem pra mim nem pros filhos.

A minha mãe falava que a pessoa que casava tinha que viver até a morte, que era pecado casar e largar o marido, maltratar o marido... Tinha que fazer tudo que o marido mandasse. Essa era a história dela, que a mulher era sujeita ao marido. Aí, eu caí nessa: passei cinco anos de fome e nua — porque o marido não agia e nem eu. Dormia no chão com a esteira esfarrapada porque não tinha coragem de ir no brejo tirar um molho pra fazer uma esteira: isso que era uma fraqueza de espírito. Hoje — mesmo velhinha como estou —, vou atrás e faço! Ah, naquela época eu não fazia: ficava debaixo do pé do marido. Não tinha roupa, cobertor — eu não tinha nada. Nada, nada, nada... Só as panelinhas que levei quando casei. Cinco anos de sofrimento. Passava fome, os filhos passavam fome, e ele tinha gado, tinha terra... Eu sei, era uma sentença só d'eu mesma...

Pra sair dessa mente cansada, um dia minha mãe achou demais que eu não tinha nada: — Geralda, a gente vai mexê com o curadô, eu vou na casa de João Borges. E vou levá seu nome e uma coisa sua pra ele fazê um trabaio pr'ocê. — Eu disse só: — Mãe, cê que sabe! — João Borges era um benzedor, curador. Dava remédio, curava muita gente.

Apois, a minha mãe contou que foi: — Seu João, eu trouxe o nome da minha fia, casada, já tem fio. Essa menina tá numa situação que eu não sei... Era uma menina desenvolvida quando moça, trabaiadeira. Ela ajudou a criá meus fio. Hoje ela não tá nem dando conta de trabaiá pra criá os fio dela, uma tristeza só. — O João perguntou o meu nome e fez uma vigília lá: — Ih, dona Maria, essa menina da senhora tá muito enrolada. A senhora credita que eu não dou conta de cuidá dela sem vê ela? Tem que fazê um trabaio pra ela... Traz ela aqui! — Era em Santa Maria, lá num rio que tem perto de São Francisco. — Ih, seu João, é tão longe, mas eu vou trazê!

Quando foi um dia, ela pegou os animais dela — tinha cavalo de arreio, burro... Sabe mãe como é? Chegou lá em casa:

— Geralda, vamo no João Borges.

— Uai, mãe. Fazê o quê? — perguntei a ela.

— João Borges falou que eu levasse ocê lá e Zeca também.

Lá foi: eu, ela, meu irmão e o Zeca. Eu era tão pobre que não tinha roupa pra ir. Vesti as roupas das minhas irmãs.

Chegamos, dormimos lá e ele fez um trabalho. O curador falou assim: — Hem, dona Geralda e dona Maria! Sozinho eu não dô conta... Amanhã de manhã, a senhora vai lá no compadre Tiago pra ele contá a história direito pr'ocês. E ele conta... — O Tiago era outro curador que tinha pertinho.

Já no Tiago, minha mãe foi falando: — Eu trouxe essa menina, minha fia, que o João Borges mandou pro senhor oiá e falá pra nós... — O Tiago me olhou e disse sem ninguém falar nada pra ele: — É, essa menina aí, ela tem uma sorte boa. Ela é desenrolada, mas se enrolou tanto que não tem nem roupa pra vestí, nem comida pra comê. Pobre, pobre, que não tem coberta pra embruiá. O negócio não tá fácil, tem que tê uma responsabilidade muito grande pra retorná a vida dela, o que ela era.

A mãe era que nem eu: não gostava de ficar com as coisas enroladas. Então perguntou:

— Por que, seo Tiago, ela caiu nessa situação?

— Sabe por quê?! Ela casou com uma pessoa que não era o esposo dela. Foi inveja: fizeram trabaio pra ela casá com Zeca. Ela não queria e casou. Se enrolou toda... Dona Maria, é tão difícil a pessoa querê uma coisa que não é pra ela. Botô sebo, botô, botô, até a hora que cansô. Quando cansô, ficô feliz, mas depois revirô tudo e tombô pra lá. É isso que acontece com as pessoa que pega uma coisa que não é pra tê. — O Tiago explicou: — Mas vamos endireitá! Não vai ficá assim.

Seo Tiago falou para a mãe: — A senhora leva um remédio pra ela, mas não dá ainda. Ela vai tê que ir pra casa da senhora tomá. — Seo Tiago deu um pó e ensinou mãe a preparar o remédio. Tinha que manter resguardo. Não podia comer carne, gordura de porco e óleo. O remédio foi temperado com sebo de rim de gado. Seo Tiago recomendou que tinha que ferver a água, deixar ficar morna e despejar na garrafa. Depois, minha mãe levou o remédio por três dias no terreiro, na hora que o sol nascia. A garrafa tinha que pegar luz do sol nascendo. Não podia deixar a garrafa sozinha, tinha que botar sentido na garrafa: sentar e ficar com as vistas nela. Quando passasse uma hora que o sol tava batendo na garrafa, era pra guardar. Depois de pronto, mãe me deu pra tomar três colheres, três vezes ao dia, durante um mês. Aí, seo Tiago adivinhou que ia aparecer uma coisa na minha vida pra começar a desenvolver: — Vai saí dessa pobreza fora do limite — ele tinha falado.

Apois foi que eu tomei o remédio. A minha mãe nem deixava eu pegar na garrafa — ela mesma me dava na colher. Fiquei na casa dela. Ela fazia comida também com o sebo de gado e me dava. Só mãe mesmo! Eu comia, não mexia com água, não comia doce. Era tanto trem... Era feijão, arroz — peixe nem ver — e verdura. Frango, só se fosse novo. Não podia comer galinha velha nem frango velho. Inteirado mais ou menos uns 20 dias, chegou um fazendeiro lá na casa da minha mãe perguntando por mim:

— Dona Maria, a senhora sabe onde Geralda tá?

— Ah, ela tá lá na casa dela, do outro lado da Santa Maria — a mãe respondeu.

— A senhora, dona Maria, pode chamá ela aqui? É porque eu quero contratá ela pra dá aula pra meus fio.

Combinamos que eu ia dar aula particular para os filhos do fazendeiro. E não ficou só nesses meninos... Depois, os vizinhos todos levaram seus filhos pra ter aula comigo, e me pagavam. No primeiro mês, eu já consegui comprar alguma coisa. No segundo, já tinha melhorado ainda mais. Daí pra cá, eu desenvolvi. Não fiquei mais na situação que eu ficava, sem roupa, sem coberta, sem nada... Hem? Filho era o que não faltava, todo ano tinha um: tive seis mulheres e três homens...

Ah, se eu deixo você à míngua

Eu nasci em 27 de maio de 41, num lugar chamado Arcanjo, perto da Igrejinha, na casa da minha bisavó. Hoje faz parte do município de Arinos. Naquela época, parece que era São Romão. Minha mãe morava na Cuia, Vereda da Cuia, do outro lado do Ribeirão — um córrego, como o Menino.

Foi na Cuia que ela ficou viúva e voltou para a casa da minha bisavó: Maria de Brito. A bisa era toda engraçada, viveu centiquinze anos. Eu conheci ela velha já, bem idosa. Ela tinha um dizer assim: — Meus neto que me respondê: bico de pirá![5] — falava isso brigando. Os neto que respondesse ia virar tudo bico de pirá.

Ela não gostava que ninguém lavasse a roupa dela — só ela mesma. Fazia a sua própria comida nas trempes. Hem? Na época, arrancava três bolo de barro de cupim — não era nem pedra, que a pedra estourava e o cupim não — e fazia trempe, com três lugares de pôr fogo e a panela em cima. Era nela que se cozinhava.

Daí a gente chegava na casa dela e ela já perguntava: — Qué um bolim de comida, minha fia? — Eu sempre respondia: — Quero, vó! — Ela pegava e botava na mão da gente aquele bolim de comida. Outra hora, ela me chamava pra ir lavar roupa com ela, e eu ia. Lá ela dava sabão e uma avexadinha: — Roupa é assim, minha fia: é mal-lavada e bem-enxuta.

---

5 | Pirá é o peixe símbolo da bacia hidrográfica do rio São Francisco. É uma espécie que se reproduz na piracema, sendo a migração o estímulo natural da ovulação. As barragens ao longo do rio São Francisco impossibilitaram suas migrações. O pirá está na lista das espécies em extinção — já chegou a ser reproduzido em cativeiro e liberado em determinadas partes do Velho Chico como estratégia para que a espécie não desapareça por completo.

A bisa gostava de fazer era picadinho de carne quando tava com pressa. Arroz o povo do tempo antigo quase que não comia — era mistura. A comida que conheci era umas paneladas de feijoada, de feijão e farinha, com abóbora ou mandioca, mingau, angu de milho. Cresci assim: comia pouco arroz, mas criada com feijoada, carne de peixe e carne de caça. Desse jeito que era o tempo antigo.

As crianças não era doente igual hoje não! Às vez, era uma gripe, um começo de pneumonia, sarampo, varíola, caxumba, catapora, uma disenteria de nascimento de dente. Febre de gripe de vez em quando. Aí, a gente dava chá de capim-santo e erva-cidreira com mel de oropa, até passar a febre. Se tivesse gota de analgésico, dava também. Quando não tinha, dava só chá. Pra pneumonia, dava um purgante de papaconha, chá, e ia cuidando... Médico ninguém nem sonhava.

Quando eu tinha 4 anos, a mãe casou com outro moço, José de Resende, como tratavam ele. Vivemos numa fazenda de nome Cordeiro, e ele trabalhava de vaqueiro. De lá, nos mudamos de novo pro lado da Igrejinha, num lugar que chama Olho d'Água. Eu ia para a roça com o meu padrasto, trabalhava, capinava; plantava feijão, milho, abóbora e quiabo. Às vez, plantava arroz, outra, a terra não tinha qualidade. Meu padrasto plantava roças pra ele mesmo. Nem cobravam a renda dele, porque ele era parente do fazendeiro. Criava animais também, cavalos de montaria, gado, porco, galinha... Era a criação que nós tínhamos.

Nossa casa era de roça, bem espaçosa, feita de pau a pique. Fazia a grade e enchia de bolinho de barro, aí rebocava... Coberta de palha de buriti, chão batido e aterrado. Tinha o quarto da mãe, o meu quarto, a varanda, a cozinha e a área. Meu padrasto era bem caprichoso e trabalhador. Tinha sido de família rica, depois ficou pobre. Casou a primeira vez e teve cinco filhas. Não teve um filho homem. Depois ele casou de novo, com a minha mãe, e teve um.

Não tinha diferença com as outras filhas dele da primeira esposa — elas gostavam tanto de mim. Ninguém sabia se ele era meu padrasto. Quem chegasse achava que eu era filha legítima dele. Às vez, gente perguntava: — Essa menina, Juca, é fia sua? — Ele bem respondia: — É. — Nunca falava que não. Eu cresci e ele não falava pra ninguém que eu era filha só da minha mãe. Tinha eu como filha. A família todinha, as cinco filhas dele, os genros, tudo tinha eu como se fosse da família — até hoje.

Como é que trabalhava? Ah, eu trabalhava de água de regra, ou rego, pra molhar a cana. Na seca, plantava feijão de água de regra. Hem? Pega o córrego e puxa a água sem cano, desvia o rego e vai abrindo as partes para molhar a plantação. Faz um rego feito um cavado, vê lá onde quer, aí rega cana, feijão, horta e mais o que quiser plantar... A terra fica molhadinha, faz o rego e depois puxa os ladrão. Não tinha esse negócio de plantar muita coisa de variedade de verduras, não! As verduras era abóbora, quiabo, jiló, berinjela... Nem todos plantavam.

Outra coisa também que o povo do tempo mais velho fazia era plantar algodão e mamona. O povo pobre não usava querosene, isso era dos fazendeirão, dos ricos. Usava mamona: colhia e botava no terreiro, batia, soprava, vinha pra panela, dava uma mexida nela, torrava igual baru, depois pro pilão e amassava — ficava só a lama. Levava na panela, botava pra ferver e panhava aquela gordura. Aquele azeite ali era pra iluminar. Tinha os candeeiros, fazia um pavio no dedo e botava no candeeiro — iluminava com azeite de mamona. Outra hora, usava pedaço de sebo, em cima da candeia, queimando, derretendo, e dava pra iluminar. Tinha a cera de abelha — usava na emergência. Fazia a candeia de cera com linha de algodão fiada no fuso — essa iluminava mais rápido que o azeite.

Depois desse tempo perto da Igrejinha, de 9 pra 10 anos, fomos pra Fazenda Mangues, município de Buritis. Lá aprendi a ler. Eu quase completei 11 anos e nos mudamos pr'outro lugar: Buritizinho. Lá também era roça, plantava quarteirão de fumo pra vender. Meu padrasto me ajudava a fazer bolas de fumo.

Nesse tempo passado, ninguém comemorava aniversário — nem falava, não dava parabéns. Esse problema de aniversário, aqui pro sertão, foi d'uns anos pra cá. Antes, não existia.

Meu padrasto faleceu quando eu tinha 14 anos. Ficou eu e mais três irmãos, e fomos trabalhar pra viver. A mãe era viúva, mas era dessas pessoas alertadas. Sempre tinha um leite, gado, cavalo pra andar e onde dormir. Era pobre! Ela não tinha terra, nem colchão bonito igual hoje, coberta boa... Colchão era de palha ou de capim, aquele capim barba-de-bode. A gente mesmo fazia. Era tudo simples, nada de luxo.

Para fazer as compras, minha mãe saía e ia pro lado de Urucuia, na loja de um homem — era mercado, mas falava armazém. Às vez, ela trazia um presente pra mim. Ninguém usava comprar arroz e nem feijão em mercado não! Era o café, o sal, uma panela, um copo, uma xícara, prato. Se queria, ia lá, mas comida não! A gente comprava nas mãos dos próprios proprietários. Plantávamos as roças já para suprir a casa — era raro aquilo não dar.

Naquele tempo era assim: quando um compadre não tinha um toicim ou óleo na casa, uma comadre emprestava um quarto de um capado. Ia lá e pegava, supria a necessidade até dar o tempo desse compadre matar um capado dele. E assim o povo vivia, era trocando as coisas. Se não tinha feijão, tomava de outro. Não era comprar igual é hoje, que vende até jiló. Se tivesse, comia, se não tivesse, não comia! Comia o que tinha.

A mãe me criou num regime muito pesado, porque não tinha nem esposo. Não tinha esse negócio de emprego — era roça mesmo, desde pequena. Eu e meu irmão éramos os trabalhadores dela. Ela era assim: uma pessoa nervosa, agitada, mas sentava e ia contar história da carochinha, de mulher à toa... Tempo antigo, tinha aquelas cantigas das histórias. Minha mãe era popular...

Boa pra bater! Ela saía, ia pr'uma roça e deixava eu pra fazer comida. Aí, eu ficava brincando e não fazia. Ixe, quando ela chegava e via que eu não tinha feito... era um couro que ela me dava! — Cê não fez, agora cê vai apanhá! — Outra vez ela pedia pra fazer uma comida de uma qualidade, e eu fazia outra — ela metia o couro. Não passava um dia sem apanhar não! Hem? Batia com um chicote de perna, feito de couro trançado, com aquelas bombinhas brancas de prata. Esse era pra bater na gente. Tinha outro dela de bater no cavalo pra viajar.

Eu tenho saudade... Ela era uma mulher muito honesta, muito reta. Se ela falasse uma coisa, tava falado. Uma pessoa que não gostava de falar mal do próximo... Deus me livre! Aconteceu uma vez, eu contei uma história pra ela do vizinho — me deu uma surra! Nunca mais eu falei. Uma surra de ficar com o couro doendo. Ela dizia: — O que é que cê tem com a vida do vizinho?! — Ela criou nós tudo assim: sem nunca comentar da vida do próximo. Por isso, eu não gosto de falar mal dos outros.

Ela não era carinhosa: era mulher e homem. Com as outras filhas, ela tinha um carinho, assim, mais chegado — dizia que elas era caçula. Comigo era normal mesmo, brigando e batendo. Só que ela cuidava de mim... Se eu pedisse a ela alguma coisa: — Mãe, eu quero um vestido desse jeito! — Ela ia e comprava o pano e mandava fazer. — Ah, mãe, eu quero um sapato dessa maneira. — Ela arrumava.

Hem? O dinheiro era meu, não dela. Era da herança do meu pai, mas ela era muito caprichosa. Fazia render o dinheiro que o meu pai deixou. Vendeu as cabras tudo e comprou gado. Nunca deixou eu sem ter um dinheirim. Ela vendia café e fumo. Pinga ela diz que não vendia, que era mau exemplo. Comprava os sacos de café e as bola de fumo e vendia. Naquela época, o povo mais idoso tudo usava fumo, demais — fumo de rolo. O café ela vendia em libra, não era quilo. O saco de café vinha de São Francisco, São Romão, Januária, as cidades mais próximas... E assim foi com as coisas que meu pai deixou. Meu padrasto não me dava roupa, nem sapato e nem remédio.

Nós criamos católicos, mas católico mesmo! Não é esses católicos de hoje que eu vejo aí: diz que é católico e só tem o nome. Me criei católica com a religião do tempo que eu era criança. O padre falava: — Olha, pra nós defendê do inimigo, nós tem que rezá! Rezá. — Aí, dava doutrina. A mãe levava a gente de ano em ano para ver o padre falar. A gente rezava o terço e o ofício todo sábado. O ofício tem sete colunas, só que eu não sei hoje mais falar nem uma parte — eu esqueci. Terço tem cinco Pai Nosso e dez Ave Maria. Tinha o rosário naquela época, cem Ave Maria com cinquenta Pai Nosso — cê rezava! O padre falava: — Todo sábado tem que rezá o terço e o ofício.

Naquele tempo, ninguém dançava: era proibido. Eu ia nas festa, mas se tivesse embalo, filha de mãe não dançava não! Porque era pecado dançar... Embalo não era pra nós...

Meu padrasto gostava de comemorar Bom Jesus da Lapa. Todo dia 6 de agosto, tinha uma festa, uma reza. Fazia aqueles oratórios e convidava muita gente. Tinha vez que matava gado, aquela festona. Rezava ladainha, terço e ofício... Começava às 8, 9 horas, e rodava a festa — aquele povão a noite toda. Tinha Folia de Reis também! O meu padrasto fez umas três festas de Reis. Eu gostava...

Tempo d'eu moça, antes de casar, não achava nada ruim. Hoje o povo acha. A gente não tinha direito de andar sozinha — moça não! Se fosse para ir ali, tinha que ir com o irmão ou uma pessoa de idade. Andava só não... Deus que nos livre que um pai de família — a filha dele — tivesse um filho com um homem sem casar! Ela podia sumir logo, desaparecer... Eles caçava! Igual caça onça quando tá comendo num pasto. Naquela época, no sertão, era duro...

Se um se atrevesse falar uma palavra errada com a filha de outro, ele podia sumir. Hoje tá liberado, mas nesse tempo não! O padre falava que não podia conhecer varão — ele confessava a gente. Depois de 12 anos, ele confessava e dizia: — Não pode *conhecerrr* o *varrrão*. — Padre quase não falava português, tinha hora que eles falavam enrolado. Já estudava em latim e, pra falar em português, eles tinha que estudar também. Não podia conhecer varão. Não podia beijar, que era início de pecado. Era cumprimentar e conversar... E, ali, era aquele sistema. Minha mãe mesmo era liberal, eu podia conversar com homem, qualquer homem, mas eu não tinha direito de ficar muito com conversa.

Eu gostava mesmo era de brincar de boneca e cozinhadim, mas, quando meu padrasto faleceu, larguei de

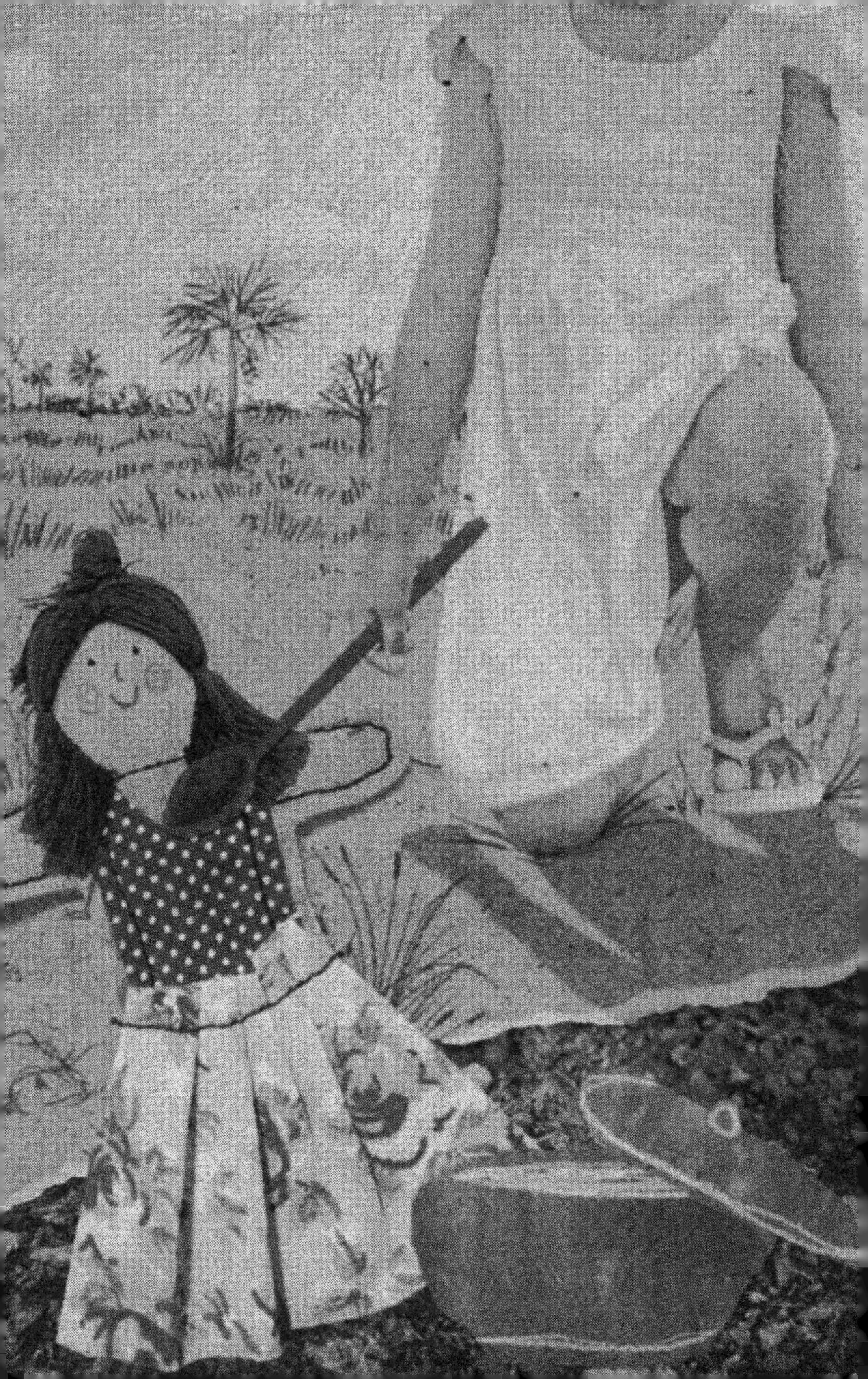

brincar — eu tinha de 13 pra 14 anos. A gente não tinha boneca igual tem hoje, do gosto do querer. A mãe da gente ensinava a fazer boneca — cortava o pano, enchia de algodão, plantava a roça e já plantava os algodão. Aí fazia as bonecas. Usava a tesoura, cortava o pano pra fazer a estatura da boneca, fazia o corpo, depois a cabeça e o cabelo. Nós desfiava pano preto até dar o cabelo d'uma boneca. Eu brincava muito com duas moças, ia prá lá no quintal e fazia as casinha, aquelas choça de palha de buriti, outras de palha de coco. Cada uma fazia a sua choça e levava a fulana pra visitar a outra. As bonecas tinham nome, eram aqueles brinquedão de criança...

A melhor coisa é ser criança no sertão. É bom demais. A gente corre pra lá e pra cá, e vai pro rio, banha, pula e sobe em cima dum pau, anda a cavalo, brinca com carneiro, cabra. Esconde-esconde, gangorra, peteca... Eu não tinha direito de, se os adultos tivessem conversando, ficar junto escutando a conversa. Era assim: criança não escutava conversa dos véio não. Só era ruim quando mãe pegava um chicote pra dar surra — qualquer coisa que fizesse errado caía no cipó.

Tinha uma boneca que eu amava muito, foi a primeira boneca que eu ganhei. Foi minha bisa que fez e me deu. Eu tinha uns 7 anos e a bisa me levou. Eu mesma fazia vestidinho. Minha madrinha era rica. Ela levava pra mim aquele tanto de pedaço de pano pra fazer vestido pras boneca. Dava pra mim e sobrava pras minhas duas colegas fazerem pra elas. A gente fabricava os vestidos, saia — aquelas saionas do tempo antigo. As bonecas vestiam do jeito de nós.

As minhas duas colegas — amigas — eram as filhas do compadre, vizinho da minha mãe. No tempo antigo, vizinho de um tinha que batizar o filho do outro. Era a coisa mais sagrada, padrinho e madrinha. Hoje em dia ninguém dá mais valor, mas, naquela época, padrinho era um pai e madrinha era uma mãe. Tanto que se falecesse um e não tivesse os avô, era entregue pros padrinhos.

Era sempre um casal — não existia quase mulher sem marido. A coisa mais aê! A mulher podia largar o marido que ela não ia nem na casa do vizinho. Ninguém recebia. Era uma coisa estranha... Hoje eu fico assim pensando... Às vez, eu penso como que as coisas se modificaram desse jeito. Tinha casa com oito filhas mulheres, e todo mundo casava. E quando não casava, ficava beata. Hem? Beata quer dizer que nunca conheceu varão...

Da minha mãe? Eu gostava demais dos lanches que ela dava pra gente: ovo, leite fervido de manhã. Café criança não tomava. Passava o café — não existia garrafa térmica, era bule —, coava o café pros adultos numa coisa chamada esculateira de asa, feita de papel de flande.[6] Comprava ou fazia. Tinha homem que sabia fazer em casa, nem comprava — ele mesmo fazia. Enchia a esculateira de café ralo, passava o café forte, botava no bule, e aquela borra que ficava do café no coador passava garapa, adoçava com rapadura — não era com açúcar não! Ninguém nem conhecia açúcar. E aí, botava a rapadura na água e passava no coador. Ali

---

6 | Possível referência à folha de Flandres, que era utilizada na fabricação de alguns utensílios domésticos.

era a garapa das crianças. Era ralinha. Criança não podia beber café forte não. Acompanhava com mexido, que era mexer o resto da comida da janta com farinha. Ninguém fazia almoço pra servir pra janta. Cozinhava o almoço e depois a janta. Também não era tanta coisa não. Era feijoada com carne ou com toucinho velho e arroz. Às vez, botava uns pedaço de mandioca dentro do arroz, outras, punha abóbora madura dentro do arroz — macarrão era comida de rico — e plantava maxixe no tempo das águas, quiabo pra comer com feijão. Outras vezes, fazia só a feijoadinha — comia com farinha. De manhã era leite fervido e ovo ou mexido. E criava aquelas crianças fortes, buchudinhas. Ovo e leite de curral deixa muito forte.

Na brincadeira de cozinhadim, as panelinhas era de barro de olaria — aquele barro que a gente faz a telha. Nós ia longe apanhar barro de olaria pra fazer panela. Esse barro queimava e fazia o bujão da panela. Queimando no fogo, ele virava uma pedra e nós cozinhava nessas panelas de barro. Minha mãe não deixava nós queimar as panelas dela. Cozinhava comidinha de verdade que nós mesma comia. A mãe dava feijão, pedaço de carne de porco, carne de caça... Outra hora, carne de gado mesmo. Aí nós fazia cozinhadim. Carne de gado nessa época, pra pobre, não era fácil. Meu padrasto sempre tinha carne de gado porque ele era vaqueiro. Sempre matavam gado — ele comprava e nós fazia. Depois que minha mãe ficou viúva, eu já fiquei moça — mocinha —, não tinha quase tempo de brincar. Mas mesmo assim, até os 14 anos, eu ainda brincava de boneca e cozinhadim. E já lia! Invocava com livro...

A brincadeira nossa, de mocinha, era de gangorra. A gente media a madeira, uns dois metro e vinte, furava, abria um buraco redondo ou quadrado na madeira, fincava um pau no chão bem enfiado, media o meio da madeira, abria o buraco e construía a própria gangorra. Brincava o dia todinho. Tinha a peteca — punha pena de galinha ou de pássaro. Tinha a pena do jacu, a pena da ema. Pegava, fazia redondo, enchia de algodão e fazia o lugar de botar os pé da pena. Era uma brincadeira muito boa também.

Nós ainda tava tudo de luto, de preto, pelo falecimento do meu padrasto. Naquela época, morresse o chefe da casa, até os bichos tinham que ter luto. Era seis meses de luto fechado, e a viúva, era um ano. Vermelho? Era a viuvez toda! Quando meu padrasto faleceu, nós já tava lá na Fazenda Mangues, um vizinho falou pra minha mãe: — Maria, cê vai me ajudá a colhê um arroz. Eu plantei demais, não tô dando conta de colhê, a minha esposa tá grávida e eu doente. Tô muito preocupado e tá perdendo arroz lá. — Mas era arroz! Naquela época, se plantasse um prato de arroz, você ficava boneco pra colher, porque não era fácil, dava demais. Minha mãe falou: — Tá bom, seu Pedro. Eu vou ajudá o senhor a colhê o arroz! — Eu fui mais a minha mãe lá onde esse homem morava colher o arroz, porque não podia ficar sozinha. Ele tinha uma filha moça e um filho rapaz. Cheguei lá, tava todo mundo cortando arroz e a moça veio e me disse:

— Geralda, eu tenho uma notícia pra te dá...

— É boa ou ruim? — pensei que era um namorado que ela ia arrumar pra mim.

— É boa! — Ela pensou e continuou. — Não sei se você vai achá boa ou ruim.

— Uai, como é que cê vai me dá uma notícia que não é boa? — perguntei.

— Não vou falá agora não. Só vou falá quando nós tivé lá no rio lavando os prato do almoço. Aí vou te contar.

Nós almoçamos e fomos lavar as panelas no rio. Até que ela contou:

— Geralda, sabe o que eu vou contá pr'ocê?! Minha mãe tá quase no dia de ganhá neném. Como ela diz que não vai vivê, ela não vai dá conta de criá esse menino... Se o menino vivê, ela vai dá o menino pra você.

— Pra mim?! — espantei. — Tá bom, eu vou batizá o menino. — Eu achei que a mulher ia me dar pra batismo, e minha mãe já até falava que eu tava de rolo de cachorro,[7] com 13 pra 14 anos, sem ter um afilhado.

— Não! Mas minha mãe não falou que era pr'ocê batizá não! Falô que vai dá a criança pra você.

E ela me fala uma coisa dessas... *Aê! Deve ser mentira!* — só pensei.

---

7 | Quando a menina chegava na adolescência e não tinha batizado nenhuma criança. A expressão "rolo de cachorro" era utilizada para quem não possuía afilhado.

Vai que, a conversa passou e ficou por isso. No fim da semana, nós colhemos o arroz e voltamos pra casa. Aí foi que eu peguei e contei: — Mãe, cê acredita que a Guilhermina falô que dona Dude — Petronília — vai me dá a criança que vai nascê? — Minha mãe espantou também e disse: — Quê que é isso, menina?! Eu, viúva, já tenho quatro filho com você. Ocê nem ainda tá adulta, como é que cê vai criá outro menino?! Um menino criando outro. Cê nem sabe o que é criança — ela terminô dizendo. — Cê é doida. Eu vou te dá é uma surra com essa cabeça ruim. — Pensei que ia ser uma guerra eu mais ela... Apois, eu queria o menino. Se dona Dude ia me dar, eu ia querer. Não podia, devia de não recusar. Mais tarde, pedi a ela: — Mãe, vamo fazê uns pano pro menino? Parece que ele não tem, não vi nada lá.

Eu tinha roupa boa e a mãe disse: — Então cê vai me ajudá! — Nós apanhamos as roupas, minha mãe foi pra máquina e eu fui descosturar e cortar. Fizemos aquele tanto de pano: roupinha pro menino, coerim, cobertinha de lã... Naquele tempo, as cobertas eram tudo de pesca-pulga — uma coberta fofa, velha, baratinha. Pegava tudo que passava na frente dela. Poeira, pulga, tudo... Fiz aquela trouxona de roupa.

Voltamos pra soprar o arroz e acabar de colher. Cheguei lá com tudo arrumadinho e falei: — Ó, dona Dude, eu trouxe pra senhora essas coisa aqui pro neném.

Ela me respondeu: — Ah, minha fia... — ela era muito calma —, pra quê que cê trouxe? Essa roupa é pr'ocê mesmo, aqui não vai tê precisão delas não. — Espantei: — Quê que é isso, dona Dude? Eu trouxe pro neném quando nascê. — Dona Dude só falou assim: — Pois é, mas cê podia tê deixado lá. Vai precisá disso lá, aqui não...

Quando nós tava na roça colhendo o arroz, eu falei: — A dona Dude falô que não precisava eu trazê aqueles pano pro neném não, que vai precisá é lá em casa mesmo. — Minha mãe disse só: — Ah, Geralda... Ocê tem cada história. Quando eu digo que cê é igual a seu pai, não é à toa. Cês invocam com umas coisa tão esquisita. Você é outro Antônio, só faltou sê homi. — Nós colhemos arroz, assopramos, colocamos no paiol. Naquele tempo, se fazia aquelas coisas quadrada de barro e enchia de arroz até a tampa. Depois, nós fomos embora.

Passou uns dias e, de manhãzinha, eu ainda tava deitada, um cavaleiro chegou na porta. A mãe chamou: — Geralda, encostou um cavaleiro aí. — O que será, mãe? Será que não é Dude que ganhou neném? — falei comigo e com ela. O cavaleiro chamou: — Dona Maria! Dona Maria! É Louro, fio de Pedro, de Dude... Ó, meu pai mandou chamá a senhora, disse que a senhora levasse a Geralda e fosse... A minha mãe faleceu, e a primeira pessoa que ela falô que era pra chamá era a senhora com Geralda... Antes dela morrê ela falô pro meu pai... — A mãe me chamou e nós fomos pra lá. Isso era uma légua de distância da onde nós morávamos. Foi que a mãe mandou eu levantar: — Ocê com seus rolo. Pode levantá! — Levantei...

Chegamos lá e a dona Dude tava ainda dentro do quarto... Minha mãe que foi cuidar, ela não tinha medo de defunto. Lavava, arrumava, costurava roupa, vestia, tudo... E eu morta de medo, com essa idade, nem me entendia por gente. Eu tinha tanto medo de defunto... Se um morresse lá pra Igrejinha e falasse "Fulano morreu" eu não saía fora. Pra mim, eu tinha um peso nas costas. Minha mãe arrumou o corpo, botou lá pra fora, e o menino ficou no quarto... Ela sabia que eu tinha medo. Quando o menino chorava, a irmã do menino, que tinha 20 anos, falava assim: — Agora cê vai oiá seu fio lá... Minha mãe deu foi pr'ocê! Cê que se vire! — Pr'eu entrar lá era um medo! Medo, medo!

Eu entrava pra olhar o menino... Ele chorando. Não sabia olhar. Minha mãe vinha e cuidava do menino, trocava, arrumava: — Aí, agora dá o que a esse menino? — Fazia água de açúcar. Açúcar, nessa época, era pra remédio! Hoje açúcar faz é mal... Passou a noite e quando foi na hora que inteirou 24 horas pra levar o corpo pro cemitério, o marido da Dude começou:

— Agora, vamo vê, como é que vai ficá a criança que nasceu. Porque, muito antes dela ganhá o neném, a minha esposa falô: "O menino é de Geralda, Geralda de dona Maria". E disse que eu não desse pra outro, era pra essa menina. Eu até perguntei como é que essa menina vai criá uma criança. Uma criança criando outra?! Mas ela disse que não era pra dá pra outra pessoa. E aí, dona Maria? A senhora, que vai ser responsabilizada pela menina, precisa da sua palavra: a menina vai ficá com a criança ou não?

— Vamo chamá o juiz de paz, porque ele vai dá uma direção pra mim. Se eu já sô viúva e tô com quatro menor, como vou criá esse menino? Porque a Geralda, ela não tem como se responsabilizá agora — foi só o que minha mãe disse.

Lá, o juiz de paz era o fazendeiro. Ele tinha contato em Buritis, era desenvolvido. A Dude morava na fazenda dele. Fizeram a reunião e o juiz perguntou pra mim:

— Geralda, cê quer mesmo criar o menino? Cê é jovem, criança ainda. Cê quer criar essa criança?

— Ah, não dô pra outro de jeito nenhum! Minha mãe tá achando difícil, que ela é viúva, e nós tem dificuldade. Vai tê dificuldade da alimentação do menino, mas não dô. — Eu sabia nem que eu era gente.

O juiz de paz me falou que na região tinha vários fazendeiros, ele mesmo era um, e que podia criar o menino. Disse que eram em quatro irmãos, todos fazendeiros e que, se eu desistisse, um deles ia poder criar.

— De jeito nenhum! — pensei e falei. A mãe dizia que eu ia ter dificuldade de criar o menino, de comprar alimentação, não tinha gado pra ter leite todo dia. Eu sabia... Eu só falava: — Mãe, eu tenho o que meu pai deixou. Nem que eu cabe com tudo, mas o menino não morre de fome.

A mãe falava da dificuldade de levantar de noite pra cuidar da criança, ainda mais porque não ia ter mamá pra ele, e que seria difícil arrumar leite todo dia.

— Eu não sei, eu dô jeito, mãe! — falei por fim.

— Olha, eu podia criá, o meu irmão Cassiano podia, Ataíde pode e outros aí, mas ela não vai cedê, porque quem deu foi a comadre Dude. E eu também não me atrevo tomá uma criança duma mãe que tirô do ventre sabendo que ia morrê e deu pra outra criança. Algum mistério tem. É da Geralda, é da menina.

— Cê, comadre Maria, tem que responsabilizá até Geralda crescê e interá os ano — o juiz disse. No fim, a mãe aceitou.

Depois do cemitério, nós veio pra casa. O velório ficava a noite toda, o povo rezando ladainha, rezando ofício, as sete colunas, aquelas que nem sei mais, as excelências. Era coisa de louco...

Tinha a casa nossa de morar e, na parte de fora, tinha uma trempe pra comida pegar fogo. Aí a mãe: — Vai agora fazê a mamadeira do menino e esquentar o pano. — Não existia fralda naquele tempo. Ninguém botava fralda em criança não! Era enrolado no pano, coerim. Eu ia preparar o mingau e ela ficava com o menino, limpava, trocava os panos e esperava eu voltar com a mamadeira. Quando eu chegava, ela falava que eu tinha que aprender a dar. Me entregava o menino e eu dava mamadeira pra ele...

Eu tinha um medo da mulher que morreu! Falava assim: — Dude, você não faz medo n'eu não, porque eu tô cuidando do seu fio. Fica em paz aí, porque se ocê me fizer medo, vou dar ele pr'outro cuidá. — E foi indo e eu não tive medo mais pra nada. Eu ia lá fora, apanhava lenha, acendia o fogo, e até hoje.

Antes do menino, uma vez vi um defunto. Por isso que eu fiquei com medo. Eu era criança, cismei, morreu a pessoa lá e eu vi. Aí é que o medo cresce, chega a romper o cabelo. Quando se tem medo mesmo, o cabelo arrepiava que vinha pra frente: de sentir arrepiando mesmo amarrado. Eu trançava meu cabelo, era grandão e inchado, e sentia o cabelo raspar na cabeça de medo. Dessa criança pra cá eu cabei o medo. Até lavava o defunto pra poder vestir roupa, banhava o defunto, pegava água, ensaboava, calçava meia, roupa...

Até hoje eu não sei por que Dude me escolheu. Eu acho que teve alguma coisa que avisou ela... Bom, eu criei o menino. Ganhei ele no município de Buritis, mas minha mãe não quis ficar lá. Nós voltamos pra Igrejinha, pra morar nesse lugar que nós morava quando o meu padrasto era vivo. Quando nós chegamos, a criança pegou uma bronquite asmática com uma febre, e foi a dor de cabeça com o medo da criança morrer. A criança ruim, médico não existia: era remédio, chá, purgante e, assim mesmo, esse menino mal... De tão ruim que ele ficou, uma noite a mãe ficava, na outra, era eu que ficava com ele acordado.

Numa noite a minha mãe falou assim: — Olha, eu vou ficá com o Zé e você vai dormi. — Pra isso, ela era muito cuidadosa. Eu fui dormir. De manhã, bem umas 5 horas, eu estava dormindo e acordada, ao que a Dude entrou junto com o Pedro, pai do menino, que nesse tempo já também tinha morrido. Eu saí naquele sonho... Saí pra varanda cumprimentar eles. Cumprimentei e perguntei: — O que foi que cês veio fazê aqui?

Eles olharam assim pra mim: — Nós veio aqui buscá o Zé, o menino. Eu dei pra você o menino, mas eu tô vendo que cê está tendo muita preocupação, tu é nova. Eu vim buscá o menino.

Falei com ela que eu não tinha pedido menino nenhum. Muito menos sabia que ela ia me dar. Por que é que ela deu e agora tava vindo buscá?! Apois, eu disse que não entregava não. E disse: — Não te dou ele! Cê pode ir embora e fica sabendo que eu não vô te entregar. Cê sabe pra quem eu vou entregá esse menino?! Pro anjo da guarda. O anjo da guarda que vai tomá conta dele. Nem eu e nem você. — Entreguei pro anjo da guarda. Nem eu e nem Dude ia ficar com ele. Eu ia só zelar. Ela pegou e foi saindo com o marido dela. Foi embora. Até hoje eu tenho isso...

No outro dia, amanheceu, acordei e contei o sonho pra mãe, e ela: — Então ele não vai morrê. Já tá quase nas última, mas não vai morrê... — Tinha um alambique, um cara tava lá fazendo um alambique, e eu dei de ir lá apanhá umas folhas pra fazer um chá pro menino. Cheguei lá, o cara era o dito Clarimundo, metido a charlatão, dava remédio. Conversou comigo, perguntou se eu era moça parida e onde é que tava o menino que eu crio: — Pois é, cadê o menino que tava doente, pra morrê? Como é que tá? — Ele perguntou quanto eu pagava ele pra curar o menino: — Quanto cê pedir se o menino ficá bom!

— Pois é! Agora é meio-dia. Eu vou lá em Bom Jardim e vou trazê o remédio — ele falou. Clarimundo foi lá e trouxe o remédio pra mim.

Dei o remédio pro menino. No outro dia ele estava sentado na cama. Tá vivo até hoje! Hem? Era remédio de farmácia mesmo, xarope e uns comprimidinhos. Era a mãe do menino que tava atazanando pra levar ele, porque, quando eu falei que não dava, ela largou e o menino sarou. Não tinha remédio que desse que o menino sarava...

Depois aconteceu uma coisa muito difícil. Quando casei, o menino já tinha uns 5 aninhos, e minha mãe falou com meu sogro, quando combinou o casamento: — Óia, essa menina aí, ela cria um fio. Ela ganhô esse menino e disse que quando casá não deixa o menino comigo não, que vai levá e criá o menino. Ela é jovem, mas ela tem um fio, fio adotivo. — O véio: — Não, não tem problema não, eu já criei muito filho dos outro e não tem problema a criança. A minha mãe ainda chamou o menino e mostrou pro pai dele. O Zeca tava na sala e também disse que não tinha problema.

Deu o maior problema. Porque eu tinha que levar o menino pra roça, e lá tinha muita quatro-presa, cascavel... Um cerradão cheio de cobra. Derrubaram roça, e por isso tinha chatadeira de todo tipo, coral. Ficava num rancho lá e eu tinha medo de deixar o menino sozinho. Por medo de cobra, eu botava ele junto comigo, e o Zeca xingava a criança de cada um nome da pelada: desgraça. Só porque eu não deixava o menino em outro lugar. Deixava não! Zeca começou a xingar demais. Quando foi um dia, ele xingou, xingou, xingou — também não comprava roupa, o menino não tinha nada, era acostumado a ser bem criado —, até que falei com ele:

— Arreia o cavalo que eu vou levá o menino pra minha mãe. Se você não arriar, vô a pé, levo ele na cacunda, mas que eu vô eu vô... Não vô ficá judiando com fi dos outro que tirou do ventre pra mim dá. — Zeca arriou o cavalo.

Botei o menino na garupa. Cheguei na casa da minha mãe e ela disse: — Uai! Ocê falou que não vinha aqui por agora. — Tive a precisão de ir e já tava de tarde. Era umas cinco léguas a cavalo. À noite, jantamos e sentamos na sala. — Mãe, a senhora sabe o que eu vim fazê aqui? Eu vim trazê o Zé pra ficá com a senhora, pra senhora criá. — Ela espantou: — Uai, cê falô pra mim que esse menino seu cê não dava pra ninguém.

A coisa mais triste é a pessoa, na hora da morte, te pedir pra fazer uma coisa, o último pedido, e depois você falsear... — Não dô conta de vê o Zeca xingá esse menino, cada um nome da pelada. Deixa pra ele xingá os dele quando nascê. Esse aí não! — Esse era o rapaz bom que a mãe disse.

Entreguei pra minha mãe e voltei. Quem criou ele até ficar homem foi ela. Eu não dei conta. Aquele ali, aquele Zezim foi esturdia mesmo... Ai, ai! Ele sabe o que é passar fome. Hoje ele diz: — É, eu passei fome quando era pequeno, mas hoje não passo mais não.

Tive muitos dias tristes, porque eu amava o menino desde criança. Com 24 horas de nascido veio pros meus braços. Dormia comigo na minha cama, era bem adotado por mim, mas minha mãe criava ele muito bem e eu ficava tranquila. Ela era uma mulher braba, só que também atenta com a alimentação. Tinha a hora de comer, tinha o jeito de vestir, a roupa limpa na hora certa. Lá, comigo, ele não tinha nada. Coitado, passava era fome! Hoje, ele fala assim pra mim: — É, mãe, a senhora pegou e deu eu pra minha mãe e agora fica dizendo que eu sou seu fi. — Eu falo: — Ué, mais ocê era meu... Eu podia tê deixado cê morrê de fome, doente de maltrato pelado. Ainda fui de bem, levei você pra outro e foi bem criado. Quê que ocê quer? Ah, se eu deixo você à míngua... — Ele morre de rir.

Hoje ele tá grandão. Homem velho e muito bem-sucedido. Mora no Paranoá, naquela nova cidade. É pai de família, já tem neto, é muito bonzim pra mim, é uma ótima pessoa — não deu trabalho pra nada. Todo ano ele vem. O ano passado mesmo veio ele, a mulher e os meninos. Pela ignorância minha, que eu era moça, não registrei ele como meu filho por causa que o povo podia falar que eu não era moça, e eu tinha medo. Registrou com o nome do pai e da mãe, e não com meu nome...

Ô, meu Deus! Por que é que eu não enxergo?

Aprendi a ler em escola particular — já tava com 9 pra 10 anos —, no tempo da Fazenda Mangues. Meu padrasto mudou pro município de Buritis, e lá fui pra escola particular. Até hoje lembro do meu professor, chamava Biá Pires. As escolas eram muito rígidas — estudava o dia todim, todim! Só saía pra almoçar. Chegava umas 8 e saía 5. Hem? Era na fazenda de povo rico, povo mais instruído. Uma escola mais fortificada, equipada: tinha banco, cadeira, mesa, tudo... O Biá era um bom professor!

Naquela época, tinha que estudar pra saber de cor na cabeça: ler, escrever, história do Brasil, ciências, matemática, aprender tabuada — tanto com tanto é quanto? Dez mais dez? Nove com nove? É dezoito! Oito com oito... Era assim, a gente decorava. Eu não gostava de matemática, e até hoje não gosto. Agora, estudar história, ciência, geografia, assistência social eu gostava.

Nesse tempo um major me perguntou: — Menina, o que vai querer ser quando crescer? — Eu respondi: — Eu só tenho duas coisas: quero sê professora ou adevogada, de duas uma. — Passou um tempo, ele mandou um telegrama pra minha mãe dizendo que, se eu quisesse estudar, ele me ajudava. Mas minha mãe não deixou! Disse que não pariu e criou filha pra dar pra homem não.

Hem? Hem? A coisa que eu li que mais marcou a minha vida foi a bíblia! Li ainda como católica. Eu lia e falava para minha mãe: — O povo no mundo faz tudo errado. A bíblia é diferente. — Geralda, deixa de caducá — a mãe dizia. Eu tava na escola e ela contou pro professor:

— Seu Biá, a Geralda lê a bíblia e conta as história como ela tá vendo. Como é que pode?! Eu nem entendo uma pessoa dessa. Ô menina da cabeça de... — Aí ele: — Dona Maria, pega essa bíblia e esconde! Não deixa não, porque a bíblia quem lê ela fica doido! — Eu contava as histórias da bíblia como eu tô contando história pr'ocês. Ficava tudinho na minha cabeça. Minha mãe pegou e escondeu... Fiquei muitos anos sem ler a bíblia. Eu vim ler de novo quando eu passei pra crente.

Ainda pequena, eu achava muito interessante o Velho Testamento. Aquelas guerras, aqueles profetas brabos. Era bom demais! Eu amava — até hoje amo. Os reis que achavam que um era mal e aí constituía outro reino de benção, catava o povo... Pra mim era uma vitória eu ler. O professor tirou...

Hem? Hoje não leio por causa que eu fiquei com as vistas curtas. Mas toda vida eu gostei de ler. Se trouxessem uma pr'eu ler, era mais fácil não almoçar e nem jantar do que não ler! Lia tudo. Eu vejo essas coisas do Sertão Veredas e digo: — Ô, meu Deus! Por que é que eu não enxergo?

Nessa escola não tinha merenda, era tudo particular, tudo por conta da pessoa. O professor só entrava para ensinar. A roupa era natural, mas precisava ir limpinho... Só filho de fazendeiro, porque pobre não dava conta. Minha mãe pagou pra mim, acho que três ou quatro mês, e no tempo antigo cê aprendia! Hoje fica dez anos e não aprende o que eu aprendi em quatro meses. Era o dia todo, e também não tinha esse negócio de primeiro, segundo, terceiro ano. Estudava o primeiro ano — ali era rápido. Cê tava naquele livro, aí passava pro segundo ano, depois pro terceiro ano em pouco tempo.

Com o professor Biá, eu fiquei até o segundo ano, porque fomos pr'outro lugar. Minha mãe ainda pagou mais um tempo em escola particular pra fazer o terceiro ano. Nessa outra que fiz o terceiro ano, o professor chamava Ambrósio. Foi aí que minha mãe não pagou mais escola para mim. O que eu aprendi depois foi comprando livro — estudando sozinha. Quando eu não entendia o que tava lendo, chegava pra uma pessoa e perguntava! Era muito difícil, porque não existia quase livro, mas lá onde eu tava tinha gente estudada... Eu pedia pra eles: — Olha, isso aqui eu estudei, mas não sei o significado. — Aí eles me explicavam. Matemática que eu não dava conta, perguntava pras pessoas. Tava sempre querendo aprender.

Num carro de boi

Fui contratada pra dar aula pros filhos de um fazendeiro quando estava naquela situação. Depois de tomar o remédio do benzedeiro, passei a morar na Extrema como professora — no final tinha muito aluno e tudo. Morava lá numa casinha pequena, com as crianças e tudo. Tinha as paredinhas de barro, um quartinho fechado e outro aberto. Era um pedacinho pequeno: só dava lugar de botar as trempes pra fazer comida. Até que o dono da fazenda começou a me perseguir, me atentar. No tempo antigo, transporte era muito difícil e eu pedia pra esse fazendeiro trazer algumas coisas da cidade — eu pagava... Ele achou que, porque trazia, eu tinha que dormir com ele. Queria me fazer de puta! E era homem casado...

Saí de lá e fui pro Arinos. Arrumei trabalho no Hotel Aparecida — parece que até hoje esse hotel tá lá. Fiquei trabalhando lá um ano, até quando dei pra ficar doente. Hem? Doente lavando roupa, porque eu só lavava roupa. Vez em quando, tinha muita gente, eu ajudava na cozinha, mas de resto eu só lavava roupa. Eu ia pro córrego, lavava roupa e trazia. Um dia, de tão mal que eu tava, fui na farmácia — a gente não ia em médico assim como hoje. Tinha o Francisco Valadares, que era dono de farmácia e foi prefeito — muito amigo meu. Eu tava tão ruim que cheguei na farmácia dele:

— Francisco, eu tô muito ruim. O sinhô arruma um remédio pra mim?

— O que que ocê tá fazendo? Cê não tá dando aula não? — ele perguntou.

— Não, seu Francisco! Eu tô é lavando roupa pro hotel. Eu saí da escola, não aguentei aquele homem de lá, um atentado! Larguei escola pra lá — e contei o que tava acontecendo...

— Não, cê não vai ficá lavando roupa pra hotel não. Porque esse bafo dessa água aí é que tá te matando. Esse bafo de sabão cê não pode ficá respirando. Eu vou arrumá outra escola pr'ocê, em outro lugar. Vou falá com o prefeito. — Quem tava sendo o prefeito nessa época era o Preto Santana. Apois ele foi e falou com o Preto que eu tava desempregada, que tinha muita criança morando em lugar que não era adequado. Pediu pra Preto Santana arrumar um emprego pra mim. Quando apareceu uma vaga no Estado, de merendeira, o prefeito saiu atrás de mim pra me ceder essa vaga. Foi lá na casa de meu cunhado, Teotônio, irmão do Zeca. Chegando lá:

— Cadê Geralda? Eu fui no barraquinho dela e não achei. O Francisco tá querendo que eu arrume um emprego pra ela... Disse que tá desempregada e tem muitas crianças. Onde é que eu vou arranjá essa mulher? — ele falando com Teotônio mais Glória, a mulher dele.

— Não sei! Porque ela quase não vem aqui. Um domingo, às vez, ela vem — Glória respondeu. O Preto pediu pra minha cunhada falar comigo pra comparecer lá na prefeitura.

Passou um tempo e o Preto voltou atrás de mim de novo na casa do meu cunhado:

— Cê deu o recado?

— Não sabemos dela não! Acho que foi pr'outra escola em outra fazenda. Nós não sabe dela, mas Glória tá precisando de emprego! Se ocê não achá outra, a Glória vai trabalhá no negócio de merenda do Estado — Teotônio falou.

Eu mesmo lá dentro de Arinos. Nessa época, era um poleiro de tão pequeno. Então contrataram Glória e ela foi trabalhar no emprego que era pra mim. Quando o Preto me viu:

— Geralda, cê não quis o emprego do Estado? Ganha bem sê merendeira... Cê tá aí com essa trouxa na cabeça?! Que muié fraca da cabeça!

— Fraca da cabeça? Ninguém nunca falô isso comigo — contei pra ele.

— O quê? Teotônio e nem Glória deu o recado pr'ocê? — Ele não acreditava!

— Nunca tocou no assunto. Sei que a Glória tá trabalhando já na merenda, mas não sei por que ela está trabalhando — eu ainda falei.

— Cê qué ir pra justiça pra botá o emprego pr'ocê? Eles mentiu pra mim que ocê não tava nem na cidade — Preto falou.

— Preto, eu nunca briguei com ninguém por nada... Não vai sê agora por causa de emprego. Até parece que ela tá mais precisada do que eu, pra fazê um negócio desse. Ela tem marido, o marido dela tá bem, tem casa pra morá, tem tudo... Tomou meu emprego e eu morando quase na chuva... Deixa ela com o emprego pra lá.

Preto insistiu que eu fosse pra justiça, pra contar o que aconteceu e retornar o emprego pra mim. Eu não quis. Falei que o dia que aparecesse uma vaga aí numa fazenda boa, eu ia. O emprego ficou pra ela lá. Tudo bem... Continuei trabalhando no hotel. Daí a pouco, surgiu essa vaga pr'aqui, trabalhar na Fazenda Menino. O Adão arrumou a vaga pra mim. Que eu viesse pra cá pra dar aula — e vim. Tão pobre que o dia que eu vim pra cá não tinha comida pra trazer pros meus filhos, e nem pra comer no caminho. Eu fiz um arroz só com sal e esse povo comeu. O transporte era um carro de boi: de Arinos até aqui! Panhei esses meninos, pus no carro de boi e vim sem comer pra essa fazenda aqui. Quando eu cheguei, eles tinham preparado uma casa numas piteiras que tem aqui. Botaram eu lá. O empregado, que era o Adão, falou assim: — Ó, Geralda, lá tem a janta. O rapaz do carro de boi vai jantá lá e vocês janta junto.

Eu não tinha nada, só as panelinhas, uns paninhos e os meninos. Foi assim que cheguei aqui: contratada como professora particular da Fazenda Menino.

Quando o Adão Machado foi me chamar, ele disse que era pra trabalhar numa escola de um tal Max Hermann. Eu tava numa pobreza, não tinha nada. Ele conta que falou pro seu Max: — Ó, a professora que veio pra matriculá os meninos tá muito sem recurso, e às vez falta até alimentação pras criança dela. Ela tá muito assim, fracassada.

Seu Max pediu para Adão me chamar para conversar. Cheguei aqui e Hermann já tava esperando. Dei boa tarde pra ele...

— Ocê que vai ser a professora? — ele perguntou.

— Tá no início aí, mas agora tem duas professora aqui. Vamo vê qual delas que o senhor vai preferi, se é eu ou é a moça que veio de lá dos Ramalho. — Tinham trazido outra professora também.

— Como que é seu nome? — ele olhou pra mim.

— Meu nome é Geralda!

— Ah, dona Geralda, eu acho que essa parte eu não conversei com Adão não, mas eu vou falar pra senhora uma coisa, eu prefiro a senhora, que é mãe de família, precisa de trabalhar. Como o Adão falou que a senhora tava desempregada lá no Arinos, lavando roupa, eu prefiro a senhora do que a moça. A moça já estudou lá pra Januária, ela pode voltar pra cidade melhor, e a senhora, com muita criança, não tem como tá andando, já veio com dificuldade de Arinos... É melhor que a senhora fique tranquila aqui. Quanto que a senhora ganharia na prefeitura? — Max me perguntou.

Naquela época era baratim, não chegava nem perto de 30 cruzeiro. Eu falei pra ele um valor lá, era coisa mínima. Ele:

— Deus me livre, não dá nem pra imaginar. Você pode preparar as matrículas e tudo. Eu vou te dar 100 cruzeiro por mês.

Ele ainda chamou Adão e continuou: — Adão, cê pode pôr aí no livro que eu vou pagar a professora, pra ajudar ela, 100 cruzeiros. E outra coisa, tem muita compra aí que o caminhão veio trazer. Você pega e leva de tudo, com fartura, pra ela ficar tranquila. — Adão colocou no livro o meu pagamento.

Na prefeitura, eu não chegava nem perto desse valor, pra esse homem me dar 100 cruzeiro... Eu pensei: *O que é isso?!* Fiquei assim meio cismada. O Adão foi lá em casa e conversou comigo:

— Só tem uma coisa que eu te exijo, dona Geralda...

— O que é, Adão?

— Ó, eu sei que cê é uma pessoa desenvolvida... Eu quero que você vem ajudá a Toninha — era mulher do Adão —, porque cozinheira mais nenhuma tem prática assim de serví uma mesa, um café. Eu quero que, quando ocê não tivé dando aula, nas horas vagas, sábado, domingo, feriado ou de meio-dia pra tarde, que às vez a senhora vem ajudá ela fazê comida e serví a mesa...

Eu só pensei: *Nossa Deus! Só pra fazê isso e me dá 100 cruzeiro?* Eu fui mais Adão pegar as coisas pra mim. Ele, levando no carrinho de mão, perguntei:

— Adão, eu não tô muito alegre com esse homem me dá 100 cruzeiro não.

— Geralda, por isso que o povo da roça é besta. Medo de que ocê tem? — ele disse. — Moça, fica em paz... Seu marido é parado, não tem destino nenhum. Uma ajuda boa, moça. Seu Max falô pra mim que o dia que ele for embora vai deixá o dinheiro pra mim entregá pr'ocê arrumá alguma coisa que precisa.

Pior que ainda nem tinha inteirado um mês ele foi embora e deu o dinheiro a Adão pra me entregar. Comprar alguma coisa, roupa, sapato, o que precisasse. Então, eu comecei a dar aula. Matriculei cento e tantos alunos.

Eu sei que cê tem arma também, mas antes d'ocê tirá ela eu já te dei um tiro no mêi da testa

Aqui na Fazenda Menino, Zeca quase não parava em casa. Ele ia pro Porco — a Vereda do Porco até hoje chama assim —, na casa dos pais dele, e ficava lá era três meses, seis meses... Ele ia pra lá e largava eu aqui. Quando casamos, ele ciumava de mim, demais. Depois, ele nem ligava. Toda vida assim. Os amigos me ajudaram muito e, principalmente, quando eu vim pra cá, o Max ajudava eu em tudo. Tinha até uma pessoa pra fazer as coisas de casa. Eu só dava aula, fazia uma comida, servia uma mesa.

Antes disso? Era só sofrer... Minha mãe me ajudava, mas eu morava cinco léguas longe dela. Ela não tinha como vim cá ou eu ir lá. Ela nem sabia direito as coisas que passei. Pensa que eu contava tudo pra ela, o que Zeca fazia comigo? Passava fome e ficava quieta. Hoje, o livro é aberto pra falar as coisas, mas antes você precisava saber o que podia falar. Ninguém falava nada. O povo de primeiro era ruim, minha filha... Era vida de cachorro! Hoje tá tudo desenvolvido, liberado, tudo livro aberto — naquela época não. Uma moça casava e o marido matava ela, os pais não sabiam. Houve caso aí que o marido matou a mulher de judiar. Batia, deixava com fome e os pais não sabiam. Quando veio saber, tudo já tinha passado. Eu mesmo era uma que sofria e não contava para minha mãe e pro meu povo. Eu nem pai tinha. Só minha mãe. Eu ia aborrecer ela? Aí aguentava tudo calada...

Eu comecei a dançar depois que eu vim pra Fazenda Menino, já tinha comida, roupa e tudo. Só depois que chegou outro sofrimento, um diferente: perseguição da polícia, denúncia... Nesse tempo era baile, festona de baile, e, como Zeca nunca tava, eu dançava com quem eu arranjava e ninguém mexia comigo não! À noite era tudo escuro, a iluminação era cera de abelha. Como expliquei antes, fazia uns rolos, enfiava algodão, aquele paviozão de mais de metro, e aí passava na cera, botava aquele pavio de linha e fazia aquela candeia. Chamava candeia de cera — servia pra rezar e iluminar a cama pra dormir. Ou usava o azeite de mamona. Depois que veio o querosene, ele é tipo um óleo diesel clarinho e é cheiroso — o óleo diesel é fedorento. E aí, comprava a lata de querosene — era posto só numa lamparina sozinha. Eu acendia a candeia de azeite e trazia pra sala. Era uma só e ficava escuro, mas era a iluminação da gente. E hoje ainda xinga o coitado de Lula que trouxe luz pra todo mundo. Mesmo no escuro, eu não tinha medo de nada.

Só um dia, tinha um cara que era vizinho nosso: Jorge. Ele bebia cachaça lá em Igrejinha e, na volta, passava na estrada bem aqui na frente. Tinha um muro na frente de casa. Ele encostava e me pedia água. Chamava: — Ei, Geralda, me dá uma água. — Eu chamava o Zezim e falava: — Zezim, Jorge tá pedindo água. Vai dá água ao homem. — Aí o Zezim levantava e dava água, e ele ia embora bêbado, a cavalo. Teve um dia, depois de muitas vezes, esse cara continuava pedindo. Aí eu falei assim pro Zezim, ele tinha uns 11 pra 12 anos: — Ó, o dia que aquele homem chamar aqui, eu não vou te pedir pra você dá água pra ele não. Vamo vê o que ele quer. Eu sou mulher dele?! Ele tá é louco... Vou perguntar a ele que ousadia de ficar pedindo água, bêbado, uma hora dessas!

Todo sábado pra domingo ele ia beber e passava por aqui num cavalão. Quando chegou um dia, ele passou pra Igrejinha e eu pensei comigo que quando ele voltasse ele vai me chamar, ele vai encravar. Peguei e falei: — Zezim, eu vou deixar essa arma aqui, porque aquele cara vai me chamar hoje na hora que ele voltar... — Zezim espantou e disse: — Que é isso, mãe? Eu levanto e dou água pro homem!

— Não! Cê não vai dá água pra ele. Aqui não é lugar dele beber. Se ele quer beber, que leve sua garrafa. — Zezim calou a boca. De noite, meia-noite, tava dando 1 hora, eu ouvi o cavalo dele *pópópópó* chegando. Chegou, não tinha cerca, era um muro feito de tijolinho. Ele disse assim:

— Geraaalda... Geraaalda... Me dá um copo de água. Hoje eu quero bebê água de sua mão. Eu não quero água da mão que menino traz não.

— Jajazinho cê vai bebê — eu disse.

— Eu quero um copo de água bem gelado — ele continuou.

— Jajazinho! Quer água gelada, fria ou água de fogo? — perguntei.

— Cê tá doida? — Ele não entendeu.

— Não! Já vou levá! — Levantei e panhei a arma.

A casa aqui era de duas portas — trancava duas partes, uma delas tinha a janelinha. A gente abria a porta se quisesse, se não quisesse, abria só a janelinha. Eu abri a janelinha:

— Aqui a água pr'ocê, ó: uma bala na cara! — Mostrei a arma e continuei: — Cê me respeita, cabra sem-vergonha. Sua casa é pra lá, sua mulher está lá. Vai cuidá do seus fi. Cê qué água todo dia?! Não sô sua empregada e ninguém é obrigado a dá água a ocê. Daqui até lá é perto. Cê vai bebê água é lá na sua casa!

— Ocê tá doida? Sua desaforada — ele ficou...

— Doida? É você que sai da sua casa e vem aqui me atentá. Eu vou te quebrá no tiro!

— Se ocê tá armada, eu também tô! Vou sacá minha arma e dá um tiro na sua cara.

— Tira ela aí. Eu sei que cê tem arma também, mas antes d'ocê tirá ela eu já te dei um tiro no mêi da testa. Não põe a mão na cintura que eu te atiro... Eu atiro em você antes de você atirá em mim. Eu não vou corrê de você. — Não fiquei com medo não!

— Eu vô-me embora! Vô-me embora... Ó, cê não vai atirar nas minhas costas não, porque é covardia. Cê não tem coragem de atirá de frente, vai atirá de costa? — Jorge já tava indo embora.

— Eu tenho coragem de te atirá, só que cê vai cuidá dos seus fi lá. Matá você aqui é ruim, você tem filho pra cuidá e a mulher — falei ainda.

— Cê não atira em mim não... — Ele com medo.

— Só te atiro se você tirá sua arma. Pode ir embora e não pisa aqui em casa nunca mais... — Foi o único que veio com esses desaforos.

Quem vai tomar conta de minha fazenda é você!

Max Hermann comprou a Fazenda Menino e, desde 1960, ele sempre vinha tomar conta. O empregado dele era o Clarimundo Ramalho. Ele que cuidava de arrendamento, de construir a sede da fazenda. Parece que terminaram a casa em 1964 — foi aí que Hermann deu pra frequentar mais. Até que ele arrumou outro empregado: o Adão. De 1960 a 64, o Clarimundo Ramalho era o administrador dele. De 1964 até 70, o Adão. Eu cheguei aqui na Fazenda Menino em 1968. Até 1969 dei aula, e em 70 eu virei a administradora da Fazenda Menino.

A primeira vez que vi Max, era como se tivesse conhecido há muitos anos... Ele não tinha nada de diferente não. Era ótima pessoa, alegre, tranquilo, conversava normalmente. Gostava de camisa de manga curta da cor natural: rosa, branca e azul-claro. Naquela época, homem não vestia bermuda, era calça comprida e camisa. Ele não usava paletó e era tudo de uma cor só. Um homem forte, mas não era alto. Tratava muito bem o Adão — tanto que era uma pessoa de confiança dele. Tudo que Max fazia, Adão tinha que apoiar, dar opinião... Também era bom com a esposa do Adão e com as crianças. Ele gostava e cuidava muito bem da criançada.

Os únicos da família dele que conheci foi a nora e o filho, que estiveram aqui quase dois anos. O filho Wallace, a nora Norma e as duas crianças, um menino e uma menina, crianças lindas. A Norma era professora e deu aula aqui — ficou com o terceiro e quarto ano. Tudo era convivência boa. Wallace ia almoçar mais eu, lá embaixo onde era minha casa. Eles me tratavam muito bem. Só que o Wallace gostava de beber. Ele tomava uma pinga e vinha falar comigo: — Dona Geralda, cê cuidado com o meu pai. Meu pai é um vagabundo mentiroso.

Era uma guerra esses dois. Max, um dia, deu umas pesadas nele aqui, chegou até derrubar. Vi e falei: — O que é isso, seu Hermann? Cê tá ficando doido? Batê no seu filho, um homão desse? — Esse vagabundo tem que me respeitar — dizia ele. O Wallace e a Norma foram dormir lá em casa nessa história, armaram uma briga feia. Até que saíram daqui, foram embora para Arinos e, para voltarem ao Rio de Janeiro, o prefeito teve que ajudar nas passagens — foi uma guerra feia. Hermann não auxiliou com nada, falava que o filho bebia muito e era um desaforado.

Já Marina, esposa do Hermann, era tida como uma joia. — Ó, dona Geralda, a Marina é uma pessoa ótima. — E tudo dele era a Marina. O dia que ela faleceu, ele tava aqui na fazenda. Esse homem quase morreu... Eu morava lá embaixo e o Adão me chamou: — Vai lá, Geralda, conversá com o Max. Tá chorando demais... A mulher dele morreu. — Ela faleceu de câncer uterino e isso deixou ele numa tristeza... Daí, foi embora e demorou muito para voltar. Ficou muito tempo sem vim aqui. Quando voltou, já estava mais tranquilo.

No começo, como professora, eu ficava em outra casa, lá embaixo, uns 200 metros ou mais daqui da sede. Lá tinha umas piteiras no caminho de quem vai pro córrego do Menino — até hoje acho que estão lá. Eu morava e dava aula por lá. A casa era coberta de palha, mas toda rebocada. Feita de taipa, chão batido, tinha também o salãozão da escola que fizeram pregado na casa.

Tanto a casa em que eu morava como o salão da escola eram assim. A escola era equipada, tudo escaladim e bem organizado. Até hoje tem o negócio da estrutura da casa — as pilastras... Ali se chamava casa de esteio. Ninguém tinha telha e quando construía uma casa de telha era da comum, feita de barro na olaria.

A gente aprendia muita coisa boa com Max. Ele era assim: uma pessoa muito dedicada. Trazia livro pra mim, caderno e lápis... Eram fardos para dar pros alunos. Remédio pras criança também tinha direto. Ele deixava tudo escrito, dizia qual remédio tinha que dar para qual doença. Ele era meio doido, chegou a tratar de criança daqui com meningite. No final ficou bonzinho...

A prefeitura dava merenda das crianças que vinha num jipe carregado: bacalhau, canjica, leite em pó — era tamborzão grandão, enorme. Só coisa boa. Também, eram mais de 100 alunos. Chegava bolacha, arroz, feijão, tudo... Tinha vez que eles traziam num caminhãozim, porque no jipe não cabia. A gente recebia as explicação de como ia ser a merenda. Era uma fartura enorme. Eu que preparava mais a moça que trabalhava comigo.

Hem? Eu não tenho nada que falar de aluno, era difícil aparecer um aluno ruim e professor também era valente: não deixava aluno tomar conta não. A professora era uma segunda mãe. Tinha as coisas erradas, mas era mais difícil. Os alunos, pra vir pra escola, vinha lá do Ribeirão, São Vicente, de todo lado. Na época, tinha 480 posseiros dentro da Fazenda — era tumultuado. Vinham de pé e a cavalo. Andavam bastante, mas o povo não tinha preguiça de caminhar não. Nós foi criado, quando dava no mês de maio, junho, julho, levantava quase direto uma da manhã, pra fazer farinha e rapadura pra passar as água. Tinha gente que tinha engenho, outros fazia no escoraçador — é doido fazer rapadura passando as água no escoraçador.

As crianças todas com caderno, lápis, livro, não faltava nada não. Max tinha acesso à prefeitura enquanto era o Francisco prefeito. Depois que mudou o candidato e passou pro Preto Santana, não deu mais certo. O Preto denunciava ele como comunista e foi virando guerra, era uma briga mais terrível. Por conta disso que cortaram a escola. O prefeito queria que eu fosse transferida para outra fazenda, e, como eu não quis, eles cortaram a escola, tiraram tudo.

Essa casa aqui era a sede da Fazenda Menino, construída de tijolo assado. Dois palmo de grossura de parede, e tinha tudo, móveis, escritório dentro dela, janela de madeira pura, porta, coisa boa. Só a telha era comum, de olaria mesmo. Os móveis tudo caro, de madeira — não era desses que se molhar cai pra lá. Sofá de bambu, bem-feito, tudo de luxo. Talher bom, louça de porcelana que era a mais cara — tudo era de primeira.

Depois que eu vim trabalhar para o Max na sede, ele não tinha nada escondido de mim não, dividia tudo. Deixava tudo na minha mão. Além de uma pessoa bondosa, ele era assim: culto e trazia gente importante. Era gente do governo, deputado lá do gabinete do governo do estado, da República. Tinha vez que eu falava assim: — Seu Hermann, eu não sei mexê com isso aí não.
— E ele sempre dizia: — Eu te ensino, eu sei que ocê

aprende. — Me ajudava a arrumar a mesa, ele mesmo fazia comida. Não tinha orgulho não. Se queria uma coisa diferente, ele mesmo cozinhava. Eu organizava a mesa, talher, as xícaras, como ele queria servido o café. Quando ele chegava, tudo estava preparado, o queijo, o requeijão. Ele gostava daquele requeijão pastoso de copo — na mesa de café dele sempre tinha. Vinha tudo no avião lá de Belo Horizonte ou de Brasília; outra hora do Rio de Janeiro e Pirapora. Ele gostava muito de vim com o aviador de Pirapora. Sempre o aviador de Pirapora que trazia e buscava ele aqui. Max só deu pra andar de carro depois que ele foi denunciado. Aí as coisas foi caindo...

O Adão cuidava de tudo, até que um dia ele chegou para Max e falou: — Ó, vamo prendê o gado do Cirilim. Ele não qué acertá. — O Cirilim tinha muito gado, criava na fazenda arrendada pelo Max, mas estava devendo o arrendamento. Cheguei aqui e Hermann estava com o cavalo arreado pra sair. Até tentei alertar: — Seu Hermann, não me cabe, não sou administradora daqui, mas, se eu fosse o senhô, não ia mexê com isso não. Prendê gado dos outros pra quê?! O senhô não tem precisão disso. Moço, você é bilionário. Homem que anda de avião prendendo gado de pobre, o que é isso? — Não adiantou, eles saíram e prenderam o gado.

Só que em vez do Cirilim acertar o que devia pra soltar o gado e ir embora, ele foi pra Arinos dá parte que eles tinham prendido o gado dele, e pior, tava tudo passando fome no curral. Quando dei fé a polícia chegou, cinco policiais com ordem de levar o Max algemado. Não tiveram coragem de algemar, mas levaram ele mais o

Adão, que tava todo se tremendo. — Aí, ó, eu bem falei pr'ocês, cêis não escuta! — atentei eles.

Nesse tempo, não tinha como comunicar nada. De noite, quase nem dormi pensando nesses dois homens no xilindró por causa de gado preso. Amanheceu o dia e nada de Adão, nem Hermann. Pensei que devia era de soltar o gado todo, porque se a polícia chegasse aqui e visse o gado solto, aí já era. Apois! Eu fui e soltei o gado todinho. Isso era quase umas 8 horas, os bichinhos com sede tinha passado a noite, e o outro dia já tinha chegado. Fui lá no curral, abri a porteira e o gadão foi embora tudo. Curral tava cheio e ficou vazio.

Deu 10 horas e chegou a polícia com Hermann e Adão. Desceu um do jipe e já foi ver o gado... O policial: — Uai, não tem gado aí mais não? Cadê o gado? — E o Hermann: — Não tem gado não! — Os gados tinham corrido tudo pra beber água no córrego do Menino. O policial teve que liberar o Hermann e o Adão. Hermann ficou tão alegre comigo porque soltei o gado... E quando Adão foi embora:

— Ô, Geralda! Vô te dá um abraço. Cê tirô eu mais Adão duma... Quem que ensinou isso pra você? Como cê aprendeu ser assim?

— Uai, porque entendi que, ainda que cê me xingasse, eu ia soltá o gado. Eu não tenho medo dos seus xingo, nunca tive medo de nada.

— Geralda, você nos livrou da cadeia... O valor que você tem, homem nenhum tem. Esses homens daqui é uns burros. A partir de hoje, quem vai tomar conta de minha fazenda é você. Quem é o Adão pra ter a inteligência que você tem!

Antes dessa história já tinha tido muito problema, não sei como não morreram. Um fazendeiro, Nilo de Matos, criava gado num sítio por essas bandas — tinha gado demais. A Fazenda Menino era enorme e pegava tudo quanto é sítio pequeno e cabeceira. O Hermann podia cobrar de forma lícita e o Nilo não pagava o arrendamento da terra, até que Adão decidiu ir lá pegar o gado desse cara e trazer pra cá. Achou que o Nilo ia pagar uma metade. Juntaram um bocado de homem — uns seis cavaleiros —, botaram cela, fizeram farofa e foram lá pra Invernada prender o gado do homem. Eu tentei avisar: — Adão, cê e o Hermann não faz isso. Cêis vai caçá morte. Aquele homem lá é brabo, ele mata sem querê. — Ah, mas não é mais homem do que nóis. Nóis vamo lá — ele me respondeu.

Não me escutaram, foram, prenderam o gado e trouxeram para colocar na manga aqui. No caminho, de lá pra cá, quebraram a perna de um garrote de raça — era garrote barato não. O Nilo morava lá pra Januária e, quando soube da notícia, pegou os capangas e veio pra cá. Capanga eu quero dizer assim: gente com arma. Aí vieram atrás do gado, o Nilo mais uns dez homens, tudo armado. No Ribeirão de Areia dava passagem aqui para a sede. Quando Adão percebeu que estavam se ajeitando pra cruzar o Ribeirão, ele foi lá em casa me chamar. Hem? Sei lá se foi para fazer mais número de gente, morrer todo mundo... Eu avisei o Hermann para ir embora. Ele pegou o avião e foi.

— Geralda, vai lá pr'ocê assistir e vê como é que vai sê isso, porque o trem vai quebrá de tiro... O Zeca tá aí? — o Adão perguntou todo apavorado.

— Pra caí na bala junto com você, Adão? — Ele perguntou do Zeca porque era o homem mais valente de bala, não errava tiro.

Nilo era homem que matava por achar bom. Ele com os irmãos, todos armados, uns de revólver, outros de carabina. Parece que eu nasci errada, eu não tinha medo. Pedi para o Zeca ir junto, e ele:

— Eu não vô cair na bala lá não, você é doida? Cê que vá.

— Não vô deixá o Adão morrê só. Vô embora ficá lá do lado dele e de Toninha. — No meio daquela confusão toda, ela só xingava ele.

— Toninha, o trem tá feio e ocê ainda fica xingando Adão?! Vai rezá! Quando o negócio tá ruim, a gente tem que rezá — eu pedi a ela.

— Eu que não rezo. Tomara que ele morra pra tomá vergonha — ela falava.

Nilo chegou:

— Bom dia. Tudo bem? — fui falar porque ele já me conhecia.

— Não tá tudo bem não, porque, na situação que nós tamos, nós vamos matar ou morrer — ele respondeu.

— Olha, Nilo, matá vocês não vai, morrê também não, porque ninguém vai atirá n'ocês aqui...

— Dona Geralda, olha a covardia que Adão e seu patrão fizeram com nós — fiquei calada quando ele chamou por Adão — Por que você foi pegá meu gado?

— Quem mandou foi o dono, seu Max — respondeu o covarde.

— Cadê o Max? Vou acertá com esse vagabundo agora — disse o Nilo muito nervoso.

— Ele não tá, pegou o avião e foi embora. Tá pra Belo Horizonte — afirmei.

— Então é com você mesmo, Adão, vagabundo! Você me conhece, criado junto com nóis e ocê tá fazendo isso. Que custo tinha de você ir lá falá comigo pra acertarem? Agora, fazê uma covardia dessa?! Você vai pagá o meu garrote de raça que quebrou a perna, já foi levado até pro açougue, não presta mais pra nada, e mandar levá meu gado de volta.

— Agora mesmo vô caçá alguém que me ajuda a levá — disse o Adão ainda tremendo.

— Não vou saí daqui enquanto você não encaminhá meu gado, e eu quero almoço — continuou o Nilo.

Fui fazer almoço. Eles rebanharam esse gado, juntaram tudo e mandaram o gado de volta no lugar exato onde acharam. Adão colocou a culpa no patrão, e eu não falei nada que foi ele mesmo que botou no quente do Hermann para ir buscar esse gado do Nilo. Muito do burro o Max que caiu na história de Adão. Com esses erros do Adão, eu acabei virando administradora daqui.

Eu cuidava de tudo... Quando alguém queria criar gado, vinha aqui e eu fazia a ficha, um cartão, declarava a pessoa como criador e podia ocupar 15, 20, 30 hectares de terra. Se quisesse normal, era declarado gado solto, criação solta, podia criar cavalo, o que fosse, na área definida — delimitada. Tinha o mapa e a pessoa escolhia a área dentro do limite das veredas, e eu marcava. Se fosse cercar, precisava declarar a cerca. Quando não tinha a cerca, chamava de criação comum.

Eu nunca aluguei uma área grande, não gostava de mexer com gente rica. Meu negócio era mexer com os pobres — dava tudo pra eles. Os posseiros que chegava aí queria morar numa área posseada, falava assim:

— Dona Geralda, eu quero que a senhora me cede uma área pra mim fazê uma casa e morar.

— Que área que você vai ocupá? Que lugá? — eu perguntava.

— No Alecrim, no Garimpeiro ou na cabeceira da Extrema. Eu vou plantá arroz e feijão de brejo.

Eu ia e demarcava no livro. Era declarado e tinha que pagar a porcentagem de arrendamento. Quando a pessoa tinha gado e eram essas pessoas, assim, de lavoura, eu não cobrava nada. Falava: — Cria o gado lá, moço! — E deixava o gado do moço em paz.

Eles pisam diferente do homem civil

Adão era um covarde! A pior coisa é confiar na pessoa, ter ela como amiga e vem a traição. Deus que me livre! Adão foi um traiçoeiro daqueles de primeira. Perdeu a moral, a própria lei, quando se virou contra o Max Hermann. Ele mesmo fala: — Se eu tivesse feito que nem Geralda, eu hoje era gente.

O negócio era tão, tão esquisito... O prefeito e os fazendeiros eram contra o Max. Eles chamavam a gente, batia papo, queria tudo informação pra poder acabar com a vida do Hermann. Me chamaram e ofereceram um armazém mais 40 mil cruzeiros, 40 mil! Naquela época era muito dinheiro. Queriam que eu mudasse de lado, que ajudasse a denunciar o Hermann, acabasse com a vida dele. Eu só falava: — Morro, mas não vô. Eu não preciso de dinheiro desse tipo não.

Todos diziam que o Max era comunista. Só que tinha o problema da disputa da terra e da criação de gado. Foi o caso do Lelin. Ele tinha um acordo com Hermann, de papel assinado, e roubou 200 vacas, não pagou o que precisava. Pra mim, eles eram todos falsos — fora do comum. Depois de muitos anos, me provaram que Max era mesmo comunista, tinha escritório na Alemanha, Rio de Janeiro e não sei mais onde. No tempo antigo pintaram o comunista como um demônio, o que não é de fato. Queriam mesmo acabar com a vida do Hermann, só que o problema era além do comunismo: briga de terra. Todos queriam se apropriar da terra do Max. A Maria — uma viúva que era minha prima — tinha muito gado. O Lelin e esse povão todo também. Criavam tudo na Fazenda Menino — 18 mil e 434 hectares é pouca terra?

A primeira vez que ouvi falar de comunismo foi aqui na Fazenda Menino. O povo daqui — Clarimundo, Adão, Lelin, Preto — dizia que comunista invadia terra, casa... Uns desordeiros. Hermann mesmo não tocava em assunto de comunismo comigo. Até que um dia o Chico Valadares chegou e disse: — É, Geralda, cê sabe que tão condenando nós como comunista?! — Foi o primeiro que me contou. Chico era muito meu amigo, que me conhecia desde novinha. Ele era primo do Juca, o meu padrasto.

Chico era boa pessoa, agia muito bem — amigo da pobreza. Eu não gosto de gente que gosta só de rico não. Eu gosto de gente que gosta de pobre. Eu sou pobre... Tem gente que dá valor a rico e diz: — Eei, eu sô amigo de fulano porque ele é rico. — Eu não tenho isso.

Antes de começar o tempo de denúncia, bem no início, o Adão descia até a minha casa para me chamar quando tinha necessidade. A gente via o avião rodar e já sabia que era o Max chegando. Eu subia para a sede e recebia ele. Os vizinhos de mais perto tudinho vinham receber também. Tinha vez que dava dez, doze, quinze pessoas. Nessas horas, o Adão descia lá na minha casa cedinho e falava assim: — Geralda, cê vai lá serví o café. Mas quando eles ficavam assim cismados para servir o café — eu toda vida nunca tive vergonha —, eu falava mesmo: — Ô, seu Hermann, cê me ajude que eu não sei o jeito de serví esse café pa esse povo não. — Ele sempre ajudava.

Max vinha e ficava um mês; outra vez, três, seis... Chegou a ficar um ano sem vir, mas também morou um ano aqui. Quando morou, gostava de levantar cedo, andar pra lá e pra cá, tomava um café, lanchava e deitava de novo. E lia — ele gostava muito de ler. O povo da fazenda frequentava muito aqui. Os velhinhos lá de Invernada, do Alecrim, garimpeiros — esse povo pra lá, do Prata. Tinha dia que esse lugar tava cheio de pessoas.

Tem a história, um caso, de uma vez que eu vim servir o café na sede. Max trouxe alguns homens pra cá. Eles tavam tudo dentro do quarto, uns conversando, outros tomando banho — quase nem saíam fora da casa. Eles ficavam mais na sala e nós na cozinha. Eu só ia lá para servir, falava bom dia e boa tarde. Ficaram à noite no quarto, no outro dia tomaram café e já pegaram avião para ir embora. Não sei contar nada deles, mas Max falou assim: — Geralda, esses são Marighella, Brizola, João não sei o quê... Tinha um bocado de homem no avião, eram uns oito, todo mundo muito popular. Na hora de sair, ele despediram de nós — umas pessoa boa...

Essa história de denunciar o Max de comunismo nasceu com Preto Santana, Adão Machado, Lelin Ornelas e Clarimundo. Eles denunciaram lá nos tribunais que o Hermann era comunista, e ele já tinha processo de extorsão. Eu até vi ele assinando uns três processos, me mostrou falando: — Ah, Geralda! Cê tá vendo como é que o negócio tá? O trem tá quebrando... Outro processo que eu tô de extorsão. — Eu também não dava muito crédito naquilo não. Eu pensava assim: *Que diacho é extorsão?* Um dia eu perguntei pra ele: — O que é esse problema de extorsão? Já três processo que vem. — Ele me respondeu: — Ah, Geralda... sou acusado de estar extorquindo o povo do lugar. Dizem que tô acabando com o povo do lugar. — Não perguntei mais nada. Nunca gostei de perguntar.

Max era muito pacífico com os posseiros, muito bom. Agora, com os fazendeiros... Ele era irado com esses. Cobrou as 200 vacas do Lelin... Esse criava tanto gado que ficava brabo que nem anta. Tirando os fazendeiros, Hermann era muito amoroso e dedicado. O povo pagava renda, mas tinha gente que nem pagava. Max falava: — Não, não... Fica com isso lá. — Tudo muito humilde. Mas as coisas começaram a ficar ruim pro Hermann, teve dia que ele chegou a sair de carroça, carroça de burro! Lá pra 1970 ele falava assim: — Ó, Geralda, eu não tenho dinheiro. Não tenho dinheiro pra nada.

Max contava que ajudou a construir Brasília. Juscelino era muito amigo dele, tanto que eu mesma vi muitas fotos dele na mesa redonda, fazendo projeto e combinando. Como ele ajudou com Brasília, era para Juscelino ajudar a construir a Cidade Marina. O projeto de Marina foi feito até pela mesma pessoa que fez o projeto de Brasília, Oscar Niemeyer. Ele que fez o da Marina também, e todo o projeto da Colônia Agropecuária do Menino. Mas o Juscelino foi perseguido, igual o Hermann... E aí o projeto ficou só no papel, morreu, mas era muito falado, não deu pra ser. Foi um amontoado de denúncia daqui. O povo falava que a cidade era preparação comunista, que era murada, muro fechado pra guerrilha... Essas eram as conversas que eu via por aqui.

Lá pra 1969, Hermann queimou muito, muito papel e livros aqui na Fazenda Menino. Agora, eu não sei qual era o motivo que ele tava queimando. Parece que um tal delegado regional da polícia civil veio pra cá e eles escolheram muitos livros, muitas coisas para queimar. Veio um caminhão cheinho só de livro, revista e papel! De lá do Rio de Janeiro. Nossa! Como tinha papel, eram caixas e caixas. Nesse tempo, Max guardava algumas coisas no cofre da sede: moeda de ouro, prata, relógio bom. E tinha também revista e documento da Cidade Marina, mas acho que esses ele não queimou.

Me contaram que entre 1960 e 64 Max vendia lotes, tinha história direto com a Alemanha, mas depois ele não podia mais, foi parado tudo. Como é que chama quando um país não pode comunicar com o outro? Só sei que nem o povo da Alemanha podia mais vir para cá e nem Hermann podia vender mais lotes para lá — o governo cancelou a história toda.

Quando foi um dia, chegou um major aqui — major Rubens. Foi a primeira vez que ele veio. Quando saí pra receber, eu vi que ele era polícia pelo caminhado do homem — eles pisam diferente do homem civil. Peguei, pensei: *Ixi! O negócio num tá muito bom não.*

— A senhora que é dona Geralda?! Eu sou o major Rubens.

— É eu mermo, vamo entrá.

O major entrou e eu servi um cafezim. Tomou o café, sentou e falou:

— Sabe o que eu vim fazê aqui, dona Geralda?

— Não! Sei não... — respondi.

— Pois é! De hoje em diante, vai ter uma investigação nessa fazenda aqui. E de quinze em quinze dias, ou de mês em mês, eu vou mandar uns oito policiais, tudo conforme as necessidades. E aí, a senhora fica sabendo que eles vão corrigir a casa, toda vez que vim.

— Tem nada não, tem nada... — foi o que falei. Eu não tinha nada a esconder.

— Tá bom. A senhora pode fazer um almoço pra mim? — ele pediu.

— Posso...

Eu falei com as meninas para matar uma franga, que cozinha mais rápido, porque o homem queria almoço. Não tinha muita coisa, foi a franga, feijão e arroz. Eu servi na mesa e ele almoçou. Antes dele comer, me pediu uma marmita de comida pra levar pro tenente, que tinha ficado no carro.

— Uai! Onde o carro ficô? — perguntei.

— Ficou acolá. Eu não ia chegar aqui de carro não. Vim aqui a pé. O tenente ficou lá pra guardar o carro.

Mandei as menina por num caldeirão a comida e ele levou avisando:

— Eu volto aqui pra trazer o seu caldeirão. Sumiram pra lá. Foram embora.

Era tempo da Serra das Araras — festa da Serra das Araras —, e o major Rubens voltou acompanhado do tenente. Chegando aqui ele perguntou se eu conhecia o Adão Gonçalves Machado, Aurelino Lopes de Ornelas, Clarimundo Ribeiro Ramalho e o Saluciano Santana. Confirmei:

— Ué, conheço. Adão Machado era empregado do Hermann. Clarimundo Ramalho é ali do Bom Jardim. O Saluciano Santana — o Preto — é o prefeito. O Lelin é um fazendeiro. Eu até fui criada na família do Lelin! Quem me criou foi um tio do Lelin.

— Ah, então a senhora conhece bem. O que que a senhora diz desses homens?! — perguntou.

— Ah! Aqueles é uns va-ga-bundo! Cabra safado! Eles não trabalha nem deixa os outro trabalhá. Atentados... Eu não dô um pingo de valô nessa turma! É tudo homi que não prospera. Gente vagabunda. O prefeito é o primêro vagabundo. — Já tava com raiva de todos eles.

— E a senhora prova na cara deles que eles é vagabundo?! — o major perguntou me olhando.

— Provo! Provo. Que aquele que não ajuda e empata, o que ele é, majó? É atentado. Eles que não prova o que fala. São tudo mentiroso! — Nessa hora falei e ele fez boca de rir, mas ficou quieto.

Ele tomou um cafezim e foi embora em direção da Serra das Araras, ia pra festa lá. Depois eu soube que, chegando lá, ele fez uma reunião com Adão, Clarimundo e outros. E disse que perguntou assim:

— O que vocês têm pra falar da mulher lá da Fazenda Menino?! Lá do Hermann?

— O que eu tenho pra falá daquela mulhé é que ela é uma sofredora, toda vida foi sofredora. O senhô viu lá o tanto de filho que ela tem?! O marido dela não é muito inteligente. Ela achou o Hermann pra apoiá, dá uma assistência, mas já sofreu muito e sofre até hoje. Não tem nada que falá assim outras coisas não — eles responderam.

— Vocês querem saber o que ela falou de vocês?! — o major continuou.

Quando ele soltou eu xingando eles tudo de vagabundo mentiroso, sem-vergonha, disse que o Preto Santana falou:

— É, eu não levo isso a sério não. Ela pode tê ficado nervosa do senhô tê conversado com ela. Deixa pra lá.

No outro dia, o Adão chegou da Serra das Araras e veio para cá com conversas:

— Cê xingô eu, Geralda, pro major Rubens? De sem-vergonha, mentiroso?

— E o que cê é, Adão? É um mentiroso... E eu provo pr'ocê, pra ele, que ocê não é uma pessoa normal. Cê mente as coisa, cê é muito falso. Cê largô o Hermann e foi pro lado de Lelin por causa de dinheiro, rapaz! Que é isso?

— É... Mas tá, eu perdoo ocê! — ele falou.

— Então tá bem. Perdoooa — retruquei.

Eram tão falsos, Adão e esses outros, que chegaram a falar para o Zeca que o Hermann era interessado em mim. Foi que um dia Zeca comprou uma faca, e meu filho Zezinho, achando estranheza, me perguntou: — Mãe, meu pai tá amolando uma faca tem três dia. A senhora vai matá carneiro, alguma coisa? — Eu não ia matar nada, não tinha ideia pra que era a faca. Até que passou mais uns dias, foi quando eu tava tratando uma galinha e vi um clarão no meu olho. Era Zeca! Com uma faca vindo para cima de mim. Entrei embaixo da mesa e, com a peixeira que estava usando na galinha para me defender, arranhei a perna dele. Começou a sair sangue e ele só gritava pros menino: — Sua mãe me matou, sua mãe me matou! — Só que nem precisou dar ponto.

Ele ficou muito tempo com raiva de mim. Eu nem ligava, me xingava direto e eu não tava nem aí. Adão botou isso na cabeça dele e também contou para meu sogro que eu não era mulher certa, que tava falseando com marido. O Zé Louro encheu uma carabina cheia de bala e deu ao meu cunhado Césario, para vir me matar e levar um sinal de que tava feito. Para o pai do Zeca, que era do sertão baiano, de tempo muito antigo, mulher sem-vergonha não pode ficar viva. Um dia chegou meu cunhado aqui na frente da casa:

— Olha o compadre Cesário! — eu gritei para os menino e eles saíram todos desesperados para ver o tio.

— Uai, o que o senhô veio fazê que não qué apiá? — perguntei, porque ele não descia do cavalo.

As crianças cercaram ele até que desceu. Isso me ignorando e com a carabina no ombro — achei que ele tava caçando dentro desse mato.

— Vô tirá o arreio do senhô e colocá o cavalo na manga — Zezinho avisou.

— De jeito nenhum — Cesário disse sério.

— Dorme aí, compadre. — Mandei a menina fazer um café e ele não quis de primeiro, mas depois tomou e colocou a carabina entre as pernas.

Finalmente ele colocou a arma no canto. Arrumei cama para ele, ele dormiu e no outro dia ele foi embora. Fiquei pensando como meu cunhado tinha vindo todo esquisito — não soube solução. No outro dia de manhãzinha, um vizinho, fazendeiro da Santa Maria, chegou aqui:

— Bom dia, dona Geralda. Tá tudo bem?

— Bom dia. O que ocê faz aqui uma hora dessa? — Não entendi por que ele apareceu do nada.

— Nessa noite nem eu nem minha esposa dormimo direito, um problema que me trouxe aqui.

— Que problema? — perguntei assustada.

— Mandaram matá a senhora, achei que seus filho tava sem ninguém — e ele me contou a história do meu sogro.

Outro vizinho também conversou comigo que o velho tinha ficado brabo com o filho porque ele não me matou, não seguiu a ordem do pai. Cesário disse ao pai para mandar outro, porque ele não ia fazer um crime desses, de tirar a vida da mãe dos sobrinhos, a pessoa que cuidava dos sobrinhos, sofrendo sozinha e com o irmão lá de boa. Achou que se fizesse uma coisa dessas ia responder para o diabo. O rapaz contou desse jeitim para mim. Lembro de só ter comentado: — É, meu filho, a gente só morre no dia certo. — Todo mundo achou que eu ia ficar mal com esse povo. Depois um tempo o velho Louro adoeceu. Eu arrumava os menino e mandava pra visitar ele — eu mesma não ia. Antes dele morrer pediu para me ver, e Zeca:

— Pai, aquela onça não vem de jeito nenhum.

— Eu sei que ela é danada, mas tem um coração bom. É coisa entre eu e ela. Fala que preciso de falá com ela antes d'eu morrê, tenho poucos dia — ele pediu pro Zeca me falar. Quando voltou da casa do pai, Zeca chegou pra mim:

— Meu pai qué te vê.

— Agora? Deixa ele morrê lá berrando, eu não tenho nada com isso — foi o que consegui falar naquela hora.

Quando nasceu o dia eu resolvi arrumar as coisas e fui mais Zeca ver o pai dele. Meu sogro quase nem saía mais da cama. Cheguei e ele levantou com alegria pra falar comigo:

— Geralda! Eu fiz uma coisa muito ruim. Achava que era pr'ocê, mas foi pra mim mesmo. Me contaram que ocê era uma mulhé falsa. Eu queria vê sua orelha na minha mão, e ocê não merecia. Hoje tô em cima de uma cama, faz meses, e minha consciência tá me pegando. A única coisa que me atormenta é isso. Ocê me perdoa?

— Perdoo sim, seu Zé. Não tenho mágoa nenhuma, da minha parte, tá perdoado.

Morreu de asma, bronquite — fumava e bebia muito, não tinha médico. Naquela época, o médico era raiz de pau, mas o véio Louro era bom pra dar remédio. Se ele não desse conta de tratar, a pessoa podia procurar a medicina, médico, o que fosse, que o caso era realmente sério e difícil de cuidar, a pessoa acabava morrendo. Várias vezes eu vi ele falando o que tinha que tomar e a pessoa ficou boa. Quando eu ganhei o Zezinho, eu tinha uma irmã, filha do meu pai adotivo, Ornela. Ela tava ruim, ruim antes de ganhar neném, pior que eu. O marido correu e foi até o meu sogro pra pedir a ele um remédio. Quando foi embora, seu Zeca disse: — Ê diabo, ocê vai perdê sua irmã, ela não vai escapá desse parto, nem ela e nem a menina. — O meu era homem, o dela era mulher. Era danado, se ele dissesse que morria, ia embora, na ciência dele lá...

Ele sempre dizia: — Geralda, a mulhé de Zeca, essa aí é horrorosa. Esse espírito forte de homi, é homi bravo. — Eu ficava olhando pra cara dele e pensando: *Ô velho nojentooo*. Minha sogra era um anjo, era boazinha. Até hoje, quem é bom aqui tá é muito mais. Quando ele falava que eu era bruta demais, ela ainda explicava: — Zé, ocê gosta de falá de Geralda. Ela é muito é boa pessoa, só que Zeca é bruto, mais do que ela, e Geralda não baixa pra ele. Cê qué que ela vá apanhá dele? — Até hoje gosto dela. Meu sogro morreu em paz, anos depois, meu cunhado também. Até hoje os que ficaram da família do Zé vêm me visitar.

No meio de tudo isso, eu pensei que só ia ter que aguentar a polícia naqueles tempos de quinze em quinze... Nessa época, o Hermann já não vinha sempre, tinha vezes que ele aparecia de três em três meses. Pegava o avião no Rio de Janeiro, Belo Horizonte — não sei direito o porquê, eu não perguntava —, trazia o dinheiro dos pagamento, mais alguma coisa no próprio avião e já voava de volta. Ele nunca ficava, não chegou a encontrar o major aqui — era outro medroso.

Todo mundo me incentivava a passar pro lado do Lelin, do prefeito, dessa turma toda... O Adão vivia dizendo que ele não ia ficar do lado do Hermann, porque ele podia morrer, que a sentença de ser comunista era essa, e muita gente morreu mesmo nesse tempo. Acho que Hermann tinha tido umas conversas com Adão e contado algumas coisas que os outros ficaram sabendo.

Todas as primeiras denúncias contra o Max nos tribunais foi esse grupinho que fez. Iam em tudo quanto era lugar fazer denúncia, chegaram a ir longe denunciar e sempre me convidavam. Falavam:

— Aaah, cê sai fora! Vambora... Larga esse Hermann pra lá que cê vai ser enforcada. Cê vai morrê.

— Se eu morrê, o que que cê tem a vê com isso? — Eu era muito atrevida.

Como eu não aceitei as ofertas deles, também fui denunciada: professora e comunista. Não foi só eu, tinha padre, freira, várias professoras. Max já tinha me falado: — Geralda, o negócio tá feio, tão perseguindo o povo. — O major começou a vir, mas não me ameaçava. Até que um dia chegou um jipão. Não sei onde cabia tanto homem. Minhas crianças saíram para receber eles:

— Cadê sua mãe? — perguntaram.

— Mãe tá aí.

Eu saí pra encontrar eles. Quando pisei na calçada, eles ajuntaram tudo e enfiaram oito armas em mim, na cabeça, no ouvido, nas costas... Um deles disse:

— Cê hoje vai dá conta do Max Hermann ou vai morrê?

— É mais fácil morrê, porque eu nem sei pra onde o Hermann tá. Eu não sei se ele tá lá pro Rio de Janeiro ou Belo Horizonte — falei.

Eles, com aquela prosa ruim, ficaram com a arma esperando eu decidir se sabia onde o Hermann estava, perguntaram se ele tava aqui.

— Aqui não. Aqui ele não tá. Se ele tivesse aí eu falava pr'ocês — eu disse.

— E se ele tivé aqui?! — eles não acreditavam.

— Cês acha que ele tá aí? Uai, procura. Eu cumpro o que vocês achá que eu mereço.

Ficaram valente comigo pra ver se eu falava alguma coisa. Aquela brutalidade da polícia. Eu não dava muita bola e ficava bem quietinha. Entraram na casa com os fuzis em mim. Tinha uma mesona no escritório, cada um botou sua arma em cima da mesa. Derrubaram tooooda papelada, tiraram TUDO das gavetas do escritório, iam pro quarto e o que tivesse de livro eles jogavam no chão. Fizeram aquela bagunçada na casa e foram embora dizendo:

— Daí mais quinze dias nós volta aqui. Se prepara aí e vai sabê onde aquele vagabundo tá.

— Eu já falei pr'ocês que ele tá no Rio de Janeiro ou sei lá onde. Cê qué o telefone dele, o endereço, eu te dô... — continuei dizendo que Max não tava aqui.

— Não.

Sumiram pra lá. Com quinze dias voltaram com a mesma proposta. Ficou assim mais de setenta dias, até que o mês de julho eles trouxeram o comando todo. Teve dia que tinha até 100 policiais — castigaram tudo por aqui. Aí deu fim.

Um vento no céu, bem no meiozinho do céu: um redemunho

Hermann não deixava eu só não, sempre fazia contato. Primeiro, ele mandava telegrama, e foi indo e descobriram que o telegrama vinha pelo correio de Arinos. A Emília, uma amiga, na hora que o correio chegava com as cartas, tirava tudinho e escondia, botava no quarto dela. Se deixasse lá, a polícia apanhava tudo. Quando eles descobriram, chegavam antes no correio para abrir as malas. A perseguição não era fácil, tinha dia que nem chegava na mão da Emília e muito menos na minha — ela só conseguia apanhar as cartas e telegramas se eles não estivessem lá na hora da chegada da mala. E mesmo com a polícia vindo aqui, o Hermann também vinha. Não sei como ele sabia os dias que podia vir, mas aquilo era pior que eu, sempre dava certo — os policiais nunca pegaram um avião aqui.

Nesse tempo do major Rubens aqui, eu estava grávida do meu filho caçula, mas eu não tive abalo a ponto de abortar nem nada. Até que ele nasceu bem, mas levou cinco anos para falar. Ele na minha barriga e eu levando arma na cabeça, nos peitos, nas costas. Eu mesma, muitas vezes nem senti, mas a criança sente. No começo, ele só acenava. Eu pensava que tinha alguma coisa, levei num médico no Gama pra ver o que era, fazer uns exames. Achei que podia ser a língua dele, língua pregada. O pediatra examinou, fez tudo completo e disse:
— Tá tudo bem com ele, só é uma criança assustada, daqui a pouco ele vai começá a falá. — De uma hora para outra, começou a falar. Hoje é um tagarela, mas é nervoso, muito nervoso. Chegou a beber muito, teve depressão depois de adulto, foi um pouco prejudicado.

Os policiais não me batiam, não me deram tapa, só ameaçavam com as armas. Essas eles enfiavam na minha cara logo na chegada. O povão daqui morria de medo deles — quando ouvia dizer que a polícia tava chegando todo mundo se escondia. O pessoal tinha, assim, um sistema de comunicação de se avisar quando eles chegavam, um ia passando a informação pro outro. Foi indo até que um dia o major veio e avisou: — Eu vim te avisá que daqui quinze dias, um mês mais ou menos, vai chegá 70, 80, 100 polícia aqui nessa casa pra liquidá — eu mesma avisei as pessoas disso.

Antes de o major avisar, o Clarimundo Ramalho veio falar comigo. Contou que ia chegar de 80 a 100 policiais e disse para eu pegar uma carroça, um carro de boi, e ir pra dentro das mata, lá pras grota, levar os meninos — não levar cachorro porque ia atrapalhar. Me contou que eles iam dar fé de mim, por isso era melhor que eu ficasse pra lá. Aqui era mata que se ocê entrasse não dava mais para ver o outro, de tão escuro que era, mundo velho de aroeira.

No primeiro dia, eu não falei nada com ele. No segundo dia, ele veio de novo. Eu não dei decisão, fiquei calada... Clarimundo chegou no muro, montado no cavalo:

— Geralda, aquele dia cê ficô parada e não deu resposta. Tô te falando pra você ir pra dentro das mata. Eu vim pra se cê quisé que eu ajudo. Posso arranjá carro. Cê pega seus filho que o negócio não tá bom pr'ocê. Vai vim o esquadrão da morte...

— Clarimundo, cê veio onti. Hoje cê vem com a mesma conversa?! Eu não vô pra dentro de mata! Matá meus filho mordido de cobra, de onça, de tudo quanto é o que não presta? Eu posso morrê, mas meus filhos ficam aqui vivos, eu não vô levá. Eu tenho minha consciência limpa! Eu nunca matei. Eu nunca roubei. Eu nunca fiz nada que me condena. Se eu morrê, é problema meu. Não sou parente sua! Não sou nada sua! O que cê tá preocupado com minha vida? Por que não aparece um infeliz aqui pra me dá uma ajuda de verdade? Só vem pra me atormentá. Cê tá pensando que eu não sei que foi ocê que me denunciou como comunista? Ocê mais essa turma vagabunda sua aí! Cês vão tê que prová que eu sou comunista... Eu cumpro a pena ou vô morrê como muitos tá morrendo. Tô nem preocupada não. Seu caminho é só boato, é pior pr'ocê. Vai embora. Tô perdendo a paciência e te dô um tiro em cima do seus zóio. É assim. Sem os zóio, cê deixa de tá me atentando.

— Ééé, Geralda... Mas cê tá braaaba...? Eu não tenho medo de mulhé braba não. Vô embora mesmo. — Ele foi todo se tremendo.

Quando eu vim pra Fazenda Menino, desde o início, eu comprei logo uma arma — eu sabia que a briga era pesada. Eu tinha arma, uma flobé, espingarda, e aprendi a atirar. Atirava de flobé, revólver. Antes de comprar, eu não sabia nem pegar numa arma, mas consegui aprender.

— Eu vô voltá — Clarimundo imbirrado.

— Ocê que sabe. Cê qué levá um tiro na cara, cê pode vim.

Passou uns quatro, cinco dias e ele desceu de novo. Aí o Zezinho disse assim:

— Mãe, o Clarimundo tá aí.

— Bom dia! — Ele chegou num cavalão branco que ele tinha. — Bom dia, Clarimundo — respondi.

— Eu volteeei! Hoje cê tá mais mansa?

— Se ocê tivesse vergonha, cê nem pisava ni minha porta. Cê é muito atrevido! Cê não vai me amolá não, Clarimundo, porque eu não quero te matá aqui. Eu quero que ocê some de minha frente... Olha, eu não sô sua irmã. Não sou nada sua! Nem prima sua! Não temos parentesco. Por que que cê tá imbirrando comigo? É pra te livrá ou me condená? Cê tá doooido pra me condená! Quem corre da justiça é um vagabundo sem-vergonha. Eu não devo nada! Eu vô corrê da justiça? Vô corrê, escondê de poliça se eu nem sô uma criminosa? Cê é louco, rapaz?! Me respeita. Cê vai embora, porque eu já tô com raiva. Vocês já me denunciaram, cê tá pensando que eu não sei? Deixa ocê, deixa ocês pagá suas culpa lá sozinho. E deixa eu pagá a minha. Se eu fô condenada é porque eu devo. Não precisa se preocupá.

— Ééé... Cê é bruta demais... Bem o povo fala que cê é muito bruta... — ele ainda me disse.

— Queria sê mar bruta ainda, porque se eu fosse mais bruta eu já tinha te dado era um tiro na sua cara! Nem ocê tava conversando mais aí!

— Já vô embora, mas ocê vai morrê... Cê é denunciada em todos tribunais federais, estaduais... Você acompanha o Hermann comunista... Deixô de acompanhá o prefeito, de acompanhá a justiça do município, do estado pra ser comunista lá do homi do Rio de Janeiro... Você vai morrê e fica dizendo que tá bem. — Ele se despediu e sumiu pra lá.

— Tô bem mesmo! Se eu morrê por causa do homi lá do Rio de Janeiro não tem problema. Mior morrê por causa do homi do Rio do que por causa sua, de Adão, vagabundo, sem-vergonha, de Lelin e Preto Santana. Eu não tô nem aí.

O bicho tinha alguma coisa. Nessa hora eu arriei. Começou foi outro pesadelo pra mim! Esse homem foi embora e, quando ele sumiu, eu pensei: *vô bebê uma água*. Tinha um filtro de barro bem grande em cima de um móvel. Peguei o copo, botei debaixo do filtro. Tô tirando água, um copo de água... Quando eu botei a água na boca, não desceu a água. Só pensava: *ih, o que tá acontecendo comigo?!* Pelejei pra beber água, não dei conta de beber. Aí deixei o copo de água. Minha filha, a Fátima, uma menina muito esperta, chegou e falou assim:

— Mãe, por que a senhora deixou esse copo de água em cima do móvel aqui? Vai derramá no móvel!

— É nada não, Fátima!

— Pode jogá fora, mãe?

— Pode sim, filha.

Ela jogou fora. As meninas fizeram almoço e me chamaram para comer... Fui lá, pus a comida no prato, sentei na mesa... Botei a comida na boca e não desceu. Desceu de jeito nenhum. Eu pensando: *vô tê que escondê das criança que eu não consegui comê*. Aí os meninos brincando, comendo, outros lá sentados perto de uns pau de pular. Eles comeram normal. Eu peguei, dei ao cachorro a comida. De noite, na janta, minha comida também não desceu. Água, nem café, de jeito nenhum! Eu só pensava: *vô morrê*. A birra do homi é forte. Agora, em vez de eu morrê da poliça, eu vô morrê com esse problema que eu não sei o que é...

Primeiro dia. Segundo dia. Nada. Terceiro dia, nada. Quarto dia... Sétimo dia! Nesse eu já tava fraquinha, balançando. As meninas me levavam caldo. E chegava gente na fazenda, perguntavam se eu tava bem. Eu levantava, conversava e não entendia como eu estava conversando com as pessoas, posseiro de lá de cima, outras pessoas. Até que minhas filhas vieram falar para mim:

— Mãe, por que a senhora não fala que tá doente?

— Eu não tô doente.

— Tá doente sim, mãe.

— Cêis para de falá que eu tô doente!

O povo ia embora, eu ia pro quarto deitar. No sétimo dia, eu deitei e dormi. Quando amanheceu, clareou, eu deitada. A Fátima entrou lá dentro com os meninos.

— Mãe, como é que a senhora acordou hoje? A senhora hoje vai comê, se não vai acabá morrendo.

— Uai, Deus sabe. Vô cumê. Tô com fome.

Quando eles saíram do quarto, eu olhei assim dentro do quarto e estava com ouro! O quarto tomado de rajão de sol do lado da janela. Eu peguei umas barras de ouro e risquei a parede toda. O quarto tava o ouro puro... Só pensei: ô... *tô delirando! Agora que eu delirei mesmo. Uai, eu não tenho ouro aqui. Umas barra de ouro tão grande dessa. Tô é ruim. Deve ser o sol que nasceu hoje muito bonito. Vô levantá e vô vê o sol.* Abri a porta e saí do quarto. Fui pra fora e olhei bem para o sol. Parecia que ele tava diferente naquele dia, bem clarinho — não era o sol de ouro dentro do meu quarto. *Mas que coisa é essa? O sol tá normal, tá claro, mas tá normal. E o que é que entrou dentro daquele quarto?* Eu fiquei em pé na beira da calçada, bem firmada, pensando na situação que apareceu no quarto. Não era o sol que tinha entrado no quarto. Até que minha menina veio por detrás e pegou na minha saia:

— Mãe, a senhora chega... A senhora não vai ficá nessa calçada aí não. Se a senhora cair com a boca no chão, nós não guenta pegá a senhora. E vai ficá aí no sol? A senhora tá muito fraca...

— Menina, volta pra lá, menina! Vai fazê sua comida e fica em paz. Vô caí não — eu respondi.

— A senhora tá fraca!

Eu continuei pensando no que tinha entrado no quarto. Quando eu tô lá em pé, uma voz falou comigo, eu vi, eu escutei do céu azulado: — Hoje o negócio tá cheio de mistério. Um vento no céu, bem no meiozinho do céu: um redemunho. — Eu olhei bem pra cima, eu vi uma rodona bem branquinha como leite. Na forma, lembrava a roda de um carro. Ela vinha descendo com o vento. Abaixei a cabeça tentando entender o que era aquilo. A roda branca veio até a beira do telhado, bem rente. Achei que ia explodir e não saí do lugar. Aquela roda me disse que era um anjo, enviado para me contar, ia livrar meu patrão e eu de tudo: — Tudo aqui será exterminado! Tu será levada ao matador, como bezerro. Tu e teu patrão. Tu não morrerá. Passará um tempo, um pouco de tempo, tu voltará aqui, mas com a paz.

Essa hora minha carne soltou do corpo. Eu tremia toda. *Nooossa, Deus... Que é isso? Nunca vi uma coisa dessa. Acho que eu tô é ruim da cabeça.* As meninas me chamaram para dentro de novo.

— Mãe, mãe! Eu tô falando que a senhora tem que sair daí!

— Eu tô bem, minha filha. Já vô sair.

Voltei, entrei dentro da sala. Peguei um copo, fui lá no filtro, parei a água e bebi um copo d'água todim. Pensei: *uai, fiquei boazinha.* Fui para a cozinha e Fátima falou:

— Mãe, a senhora quer comê? Eu matei um franguinho pra fazê um caldo pra senhora. A senhora qué um caldo?

— Não! Eu não quero caldo não. Mexe um pirãozinho. Corta uma cebola e faz um pirãozinho bem fininho que eu vô cumê.

Ela fez um prato de pirão, botou um pouco de feijão e um pouquinho de arroz por cima. Comi o prato todo! Fiquei sozinha, aguentei a barra! Eu não tive um pingo de medo nessa jornada. Hm-hm. Passei...

Era um tempo que eu era doidona. Não tinha igreja nenhuma na minha vida nesse tempo! Foi o que eu sempre falo: "Deus! As forças do espírito... Não importa de qual religião ocê é, tem amor e algo maior que cuida da gente". Depois disso não tive mais medo, podia chegar qualquer notícia. Vinha Clarimundo, Adão, até Lelin, falavam que eu ia morrer, mas eu não preocupava mais. Pra mim não existia mais guerra.

Lá atrás eu deixei tudo por uma pessoa que não conseguia nada. Era pobre que deitava no chão. Saí de uma casa de conforto, não só para mim, para os outros também. Sobrevivi, desenvolvi, superei. Eu até hoje não tenho medo. Esse dia também não foi de medo.

Foi um tempo em que fiquei muito atormentada, fui até num centro espírita. O dono — seu Juquinha — danou para mim ficar sempre lá, gostou muito de mim. Ele falava assim:

— Dona Geralda, por que todo mundo que vem aqui baixa a guia, e ocê tem uns guia tão bom e esses guia seu não baixa n'ocê?

— Ah, seu Juquinha, não sei nem se eu tenho guia. Tem Deus em minha vida, fui criada católica apostólica. Agora que tô vindo aqui! Depois que eu casei não sou católica, nem espírita. Não sei nem o que é que eu sou, larguei tudo pra lá — falei com seu Juquinha.

— Ah, ocê tem uns guia muito bom! Ocê sabe das coisa sem nada baixá[8] n'ocê. Acho a coisa mais admirável... — ele me disse.

Quando é um dia, eu tô dormindo, já quase o dia amanhecendo, e tô vendo eu sair do corpo. Fui num lugar: quando eu cheguei na casa, a pessoa tava com uma mesa, uma toalha branca e uma garrafa de cachaça em cima da mesa:

— Ah! Com muito trabaio ocê teve que vim. Nóis tem que batê um papo, vô serví uma cachacinha pr'ocê ficá tranquila, aí eu bebo em meu copo e ocê bebe no seu.

— Vim porque eu quis vim, não tô a fim de bate-papo com ocê não. Nunca botei cachaça na minha boca, não bota cachaça não que eu vô virá a mesa, já tô é braba mesmo — eu virei no sangue.

Ele despejou uma cachaça no copo dele e botou também no meu. Eu meti a mão na mesa, não ficou nada, nem garrafa nem copo, *paaaaaa*. Quando derrubei, quebrou tudo e cheguei aqui em casa. Fiquei calada, não contei isso pra ninguém. Falei: *Que é isso?! Eu não vou contá pá ninguém.*

---

8 | "Baixar" (*Dicionário Caldas Aulete*, acepção 11): *Bras. Rel.* Manifestar-se (ente espiritual) por meio de gestos ou palavras de outra pessoa; incorporar.

Deu um mês, dois, chega seu Juquinha. Mandei ele desarrear o cavalo e as menina fazer uma janta pra ele e perguntei:

— O que foi, seu Juquinha? Por que o sinhô veio aqui hoje?

— Óia, eu vim sabê o que foi. Uma pessoa foi lá em casa antes de onti, me deu uma vaca e uma nuvia[9] da mió que ele tem. Fez um trabaio pr'ocê e ocê derrubô a mesa dele e quebrô garrafa, quebrô tudo! Pediu ajuda a eu pr'ocê ficá do lado dele.

— Quem é ele pá fazê eu ficá do lado dele? Eles quer que eu vá mentir com o nome do Hermann e ser contra uma pessoa que me ajudou, me deu a mão, tirou eu da merda.

Ele me contou direitinho o que aconteceu, como tava no sonho... — Macumbeiro pá fazê coisa pr'ocê, pra te derrotá mesmo, ele tem que sabê... Só se fô na comida ou bibida, mas pá fazê lá pra pegá n'ocê é difícil, porque ocê tem proteção do ventre de sua mãe.

---

9 | "Novilha", a fêmea bovina que ainda não teve seu primeiro parto.

Escuro, mais escuro do que a noite... "É, agora eu não sei nem onde a bala pegô"

O major Rubens era um homem muito alto, e não era magrinho também. Andava com aquele passão largo de polícia. A feição dele, o rosto, eu não lembro mais. Passou tempo demais... Se ele passasse na minha frente, acho que não reconheceria. Complicâncias da vida — a gente fica velha e esquece das características das pessoas. Chegou o dia. Eles vieram: aquele tanto de polícia. Como sempre, já com as armas pra cima de mim. Eu não tinha direito de fazer nada. Ele não permitia e deixou bem claro: — Não, cê não lava nada, cê pode entrá na cozinha, mas não pode cozinhá nem fazê nada.

De manhã eu levantava, tomava o café e já começava as investigação, as perguntas. Na hora do almoço, eles davam folga pra almoçar — o dia que eu tava com apetite, outros, não conseguia nem comer. Eles me deixavam tomar banho entre 16h30 e 17h. À noite eu jantava. Durante todo o dia eles me botavam num quarto, fechavam as portas e colocavam os guarda-roupa para cobrir as duas janelas, tinham medo que eu saltasse e fugisse. Como eu ia fazer isso com aquele tanto de polícia?! Era desse jeito.

A investigação era muito perturbante... Juntava um, dois, três, quatro, cinco, seis, sete, oito, nove, dez pessoas. Onze homens. O mínimo era oito. Um me perguntava uma coisa — eu não tinha o direito de responder. Outro policial também me perguntava, e mais um, e assim ia até inteirar. Todo mundo perguntava. Depois alguém ordenava e eu começava a responder. Hoje fico por entender como que eu dava conta de responder oito, dez pessoas, sem retornar a palavra, sem esquecer as perguntas. Pra mim é mistério, porque não tinha como.

Eu não respondia coisa errada não, e nem me confundia. Quando eles me atentavam demais, eu dizia: — Mentira serve?! Eu vô mentí pr'ocês... — Eles respondiam que eu não sabia mentir. Toda vez que eu ficava com muita raiva eu fazia coisa de mentira e ele retrucava que sabia que era mentira e eu ria.

No dia da chegada, era uma multidão de polícia. Foram descendo dos carros, era carro atrás de carro, de 2 para 3 da tarde. O major chegou e eu não fui receber eles, fiquei sentada numa casinha que tinha perto da cisterna daqui.

— Eu não falei pra você que eu ia trazê batalhão? Eu trouxe. Tá tudo aí. Agora pra acertá com você.

— Uai. Eu não tenho medo de nada, não tenho nada pra acertá. Não devo nada...

— Cê sempre fala assim — ele disse isso e todos foram pegar aquele monte de arma.

Botaram as arma dentro de um quarto da casa. Tinha fuzil enorme — se fosse um homem baixo, tinha que arribar o braço pra pegar, de tão grande que era... O major começou:

— Então, primeira coisa que eu tenho que falá: ocê tem muita criança... Eu vô pegá suas criança, botá no jipe.

Vem o juiz de paz pra levá elas. Pra onde cê qué que leva? Vó, tio... Pra quem?

Eu não perguntei nada, também não me mostraram nenhum documento. Eu sei que o juiz de paz estava lá mesmo, era o diretor da escola rural. Fiquei quieta e não falei nada. Eles foram chamando os menino e botando dentro do jipe — vai um, vai outro e o Lelin tava junto, eu vi bem ele. Nessa época, o Paulo já tinha nascido, era o caçula dos menino, tinha meses, e ele foi parar dentro do jipe. Na mesma hora gritei:

— É mais fácil cêis mi matá agora que levá meu filho mamando! Minha mãe lá não tem leite, ela não tá sabendo de nada. Meu filho vai morrê de fome? De jeito nenhum!

— De jeito nenhum, você não vai ficá. Cê não tem como ficá com criança nesse lugar! — retrucou o major.

— Essa criança não sabe de nada. Tem meses e não vai. Cêis qué me matá? O que cês vai fazê comigo? Ah, mata logo! — E não deixei.

Ele pegou o menino pra tomar de mim e eu tomei dele. Aí ele:

— Quem que vai olhá essa criança?

— Cê não viu que essa criança tem babá? Quem vai olhá é a babá dele. Ele tem babá. Eu não sou doida de deixá ele aí rolando no chão. Ele fica com a menina que cuida dele aqui.

— Então vamo lá vê quem é a babá desse menino!

Eu tinha uma moça que cuidava dele. Eu saía para trabalhar e ela ficava com o Paulo. Quando ele viu que era isso mesmo, concordou, levou os outro para minha mãe, sem levar nada para eles comerem, nem roupa. Aquilo foi doído.

Eu era braba, mas eles não tinham medo de mim... Eu pensava que ia passar por aquele sofrimento, mas que ia terminar — uma hora Deus ia me livrar daquilo. Cheguei achar que iam me matar, porque eu via no rádio as pessoas morrendo... O Hermann tava na lista dos que era pra morrer junto com um tal de João, Marighella... A voz do anjo disse aquelas coisa, espiritualmente a morte também é libertação. Exatamente como a voz me falou, fui levada ao matador, do jeitim que o anjo disse. O Hermann também, só que lá no Rio de Janeiro. Uma força maior impediu nossa morte. Não era nossa hora, eu não era comunista, mas Max era e ele não foi assassinado.

As crianças foram embora, ficaram na minha mãe. Antes deles irem, eu avisei o major:

— Ó! Cê fique sabendo... Cê vai tirá meus filho de mim. Se um deles tivé qualquer coisa nessa jornada, vocês vai me pagá. Vocês vai vê o que é capeta. Eu vô te perseguí, vô arrancá sua cabeça. E se vocês me matarem, vocês têm que ser os responsável por meus filho. Vai tê que dá estudo, dá comida, criá eles.

— É... Você além de errada ainda é atrevida — me falaram.

— Pois é. Cêis vai dá conta dos meus filho — terminei.

Ficaram aqui seis dias até me liberarem, aí mandaram eu ir buscar os menino. Foi tanta pergunta que hoje eu nem sei. Até que um dia, eu tô sentada junto com a Josefa — que também trabalhava aqui —, o major chegou, um barulho de passo estourado:

— É, Geralda. Eu te falei que você vai morrer. Hoje é o dia... Porque toda investigação que faz com ocê não sai nada. Você não fala nada. Tá tudo aí dentro desse coração de cobra.

— Eu não tenho nada pra falá. Que eu vô falá? Nada!

— Ó, 7 hora tá marcada a sua morte. O esquadrão da morte vai te levar pra matar. Se daqui até 7 horas você contar a verdade, não vai morrer, não vai ser fuzilada, mas se não contar, tu vai morrer fuzilada.

— É?! Tá bom. Tem nada não — foi só o que eu disse.

Quando deu 4 horas ele me mandou tomar banho, me arrumar. Disse que eu ia morrer e que gente ruim tinha que morrer pelo menos limpa na roupa, porque minha alma já era suja. Eu fiquei calada. Nessa hora, um homem — não sei se ele era advogado, não sei o que ele era — me chamou para um lado enquanto o major ia para o outro. Ele falou assim:

— Dona Geralda, vou te falar uma coisa. Eu falo na consciência de advogado: eles não têm ordem de te matar ou te prender. Agora você já sabe, não entregue. Eu acho você máxima. Eu acho você máxima! Você não adula eles. Não tem que adular... Cê pode até xingar, eles não têm direito de te dar um tapa, porque não veio ordem do tribunal. Isso não era pra eu te contar, mas guarda o segredo, que eu sei que você é mulher dura. Eu tô contando isso pra te alertar, porque eles vão levar e vão te apertar pra você falar. Na hora, você vai ficar com medo e achar que vai morrer. Conserva essa coragem. A investigação é dura como você está vendo aí, mas você é muito legal. Por isso que eu tô falando, é porque você é mulher de segredo. Você não é mulher que entrega os pontos, por isso que eu tô te animando. Não vão te matar. A investigação é braba, mas você tem força.

— Ah, tá bom. Que Deus me ajude — eu falei.

Tomei banho e fiquei pronta. Quando foi 18h30, o major me perguntou:

— Cê já tá pronta?! Sete horas o esquadrão vai te pegar e levar pra matar. — Respondi que sim.

— Ô, Geralda, toma um chá... — Josefa me chamou chorando.

— Deixa de sê besta, Josefa. Chorá por quê? Se eu morrê, cê me enterra. Não me deixa apodrecê. Arranca eu de lá, deixa eu sem enterrá não.

Deu o horário e o major veio avisando que os homens estavam chegando. Ele deu as costa e foi embora. Os homens entraram, dois policiais: — Levanta! Vambora. — Levantei e saímos, lembro até hoje: descemos a calçada e pegamos o caminho do campo de pouso de avião, até que me mandaram parar.

— A senhora tem alguma coisa pra falar pra nós? Agora é a hora, se você quiser se livrar da morte, vai ter que contar. Quem era o Max? O que ele fez aqui? O que ele deixou de fazer? Aquele comunista safado. Você sabe que ele é comunista? Pode contar pra nós que nós te livra. Se você contar, nós não vamos te matar, mas se você não contar, nós vamos ter que matar. Não vai voltar viva não — começaram falando. Tinha um policial com uma enxada na mão, outros segurando armas e mais outras coisas.

— Até agora eu não falei nada porque não tenho nada pra falá. Eu não sei quem é comunista, quem deixa de sê, porque eu não sei nem o que é comunista, não sei o que é que se trata. Nunca nem vi falá por aqui. Agora que eu tô vendo essas conversa, duns ano pra cá — respondi.

— Você num sabe é pouco, você é muito inteligente. Você passa como que não sabe. Vamos ver agora. Você não quer contar mesmo? Não vai contar? — perguntaram mais uma vez.

— Não. Vô não. Prefiro morrê — confirmei.

— Pois é. Agora vai caminhando daqui até lá na frente. Você vai caminhar 40 passos. Nós vamos te fuzilar pelas costas. Caminhei... Quando inteirou os 40 passos:

— Pare que deu 40. Agora nós vamos te fuzilar pelas costa.

Eu parei. Até hoje eu lembro... Eu não olhei pra trás para ver se eles iam atirar ou não. Só pensei: *É, vai atirá ni mim pelas costa* — nem vejo a cara dos cara. Passou uma meia hora. Eu em pé e eles em pé também, escutei:

— Vira de frente que nós vamos atirar de frente! Bem no meio da sua testa! Você já pensou em contar alguma coisa?

Fiquei calada. Eu vi eles engatilhando os dois fuzis mirando em mim. Daí a pouco eles soltam:

— Não. Vamos caminhar mais. Pra vê se você pensa em contar alguma coisa pra nós, um segredo aí. Volta os 40 passo pra cá.

Eu voltei os 40 passos pro rumo deles. Quando cheguei perto deles, me pediram para seguir e nós caminhamos 40 passos juntos. Tornaram a mandar eu caminhar os 40 passos de novo, a mesma proposta. Esperando eles que eu ia contar alguma coisa. Caminhamos uns 800 metros até que chegamos num lugar alto.

— Agora você não tem nada a falar? Caminhamos 800 metros e você não falou nada. Você quer morrer mesmo. Tá preparada pra morrer, né?

Eu calada. Foi aí que me pediram pra entrar dentro do capim, uns dez metros, pra não morrer na pista... Pra eles não me fuzilarem na pista, porque se caísse sangue de comunista na pista as pessoas não iam poder pisar. Quem não é comunista não pode pisar em sangue de comunista. Falaram que o sangue de comunista era ruim, fazia mal. Por isso eu ia morrer dentro do capim. Fiz o que pediram, umas dez passadas. Fiquei em pé e falaram:

— Agora fique em pé bem firme e vou te fazer falar uma coisa. Você pede perdão a Deus e ao seu marido... A Deus porque você é muito má e ao seu marido porque falta pra ele, mulher assim morre, vai pros inferno, não cumpriu o casamento. Mulher que falta pra marido morre.

— Eu?! Ajoelhar aqui pra pedí perdão? — disse olhando bem na cara deles.

— Sim! Pede perdão a Deus e ao seu marido.

— Meu filho... Moço! Ó! Eu não vô pedí perdão a Deus que Deus tá vendo a judiação, as injustiça que eu tô recebendo na terra. Eu não mereço. Eu tenho consciência que eu nunca fiz nada pra tá numa situação dessa — Deus tá sabendo. Eu não vô pedí perdão a Deus. E marido! Vô te falá uma coisa... Eu não tenho nada que pedí perdão a marido. Se eu tivesse marido capacitado, eu tinha precisão de trabalhá pra outro homi? Se eu tô numa situação dessa é porque eu não tenho marido que faz as coisas pra mim, me dá as coisas que eu preciso, cuida da família. Não vô pedí! Cêis qué matá, mata. Pedí perdão eu não faço — eu fiquei até com raiva.

— Aaah, você é muito atrevida mesmo! Pois então você vai morrer. Apruma aí, junta os pés que você vai pro inferno.

Fiquei em pé. Eles deram cada tiro... Chegava estrondar. Eu abri o olho e não via nada, nada, nada. Escuro, mais escuro do que a noite. Daí eu pensei: *É, agora eu não sei nem onde a bala pegô.* Eu passei a mão assim nos peito e não entendia nada. Uai! Que escuridão era aquela? Na sede da fazenda, Josefa passou tão mal que a filha dela teve que dar água de açúcar. Por conta dos estrondos ela achou que tinham me matado mesmo.

Quando percebi estava rodeada por um fumaceiro, um deles encostou em mim:

— Como é que você está?

— Tô bem — respondi. Um olhou para o outro:

— Vambora! — Me botaram na frente e eles vieram atrás. Chegamos aqui na calçada de casa e tava cheinho de homem. O major — inclusive — foi o primeiro que me recebeu. Ele ficou em pé conversando com os dois soldados e eu entrei. Passei pela porta e um deles pegou no meu braço:

— Não! Vai pra lá não. Senta nessa mesa aqui! A Josefa vai te trazer um chá. — Josefa trouxe a xícara cheia de chá e tinha um comprimidão do lado.

— Senta aí. Toma esse chá aí e esse comprimido — o major veio me pedir.

— Eu?! Bebê chá!? Eu nem tomo chá, muito menos esse comprimido aí. Bebo de jeito nenhum.

— Por que cê não bebe?

— Eu não bebo! — Aí já fiquei braba: — Eu não vô bebê! Já falei que não vô. Nenhum vai fazê eu bebê.

— Mas não é possível que você não vai beber — disse o major.

— Vô não! Hm-hm — só respondi.

Era comprimido mesmo! Na farmácia do Hermann tinha um deles. Eu sabia que se bebesse ia dormir 24 horas sem dar conta de nada. Eu era doida?! Eu que não ia beber um trem desse — abestalhada, de jeito nenhum. Ficava repetindo: "Bebo não! Bebo não!". Major chegou a trazer um juiz, e podia ser quem fosse, eu não ia beber.

— Ó! Umas horas vocês tão pra me matá de tiro, não deu certo. Agora ocês qué me matá de veneno?! Não... Eu não sei nem se tem veneno nessa xícara de chá aí.

— Ah, foi Josefa que fez. Eu vou buscar ela na cozinha. — O major foi até chamar Josefa, mas de lá para onde eu estava não dava pra saber o que tinha acontecido com chá no caminho.

— Ninguém sabe o que que tem aí dentro. Bebo não.

Sobre o comprimido, eu não quis falar que eu sabia o que era, mas tinha na minha consciência o que era e continuava dizendo que não ia beber. Até que ele veio na minha direção, pegou o chá e jogou no mato. Levou a Josefa até onde eu tava e ela:

— Ô, Geralda, nós somos tão amiga. Eu vô te matá com veneno? Geralda, que qué isso?

— Nãão, Josefa. Não é ocê não. Mas vai que eles colocaram algo nessa xícara sem cê percebê? — expliquei a Josefa.

— Não, mas bebe esse aqui, ó. Esse foi eu que trouxe agora. Eles nem entrô lá na cozinha.

Ela botou o chá na xícara, e eu tomei. O major me mandou tomar o comprimido, falou que era bom pra mim. Engoli o chá — *glut-glut* —, peguei o comprimido e botei debaixo da língua. Ele me levou pro quarto. Depois de um tempo ele voltou — *prot-prot-prot* —, escutei o barulho da pisada. O major entrou no quarto, foi lá com a lanterna e iluminou minha cara. Fiquei quietinha sem me mexer. Quando ele voltou pra sala, escutei: — Ó, tá lá. Apagô. Aquele comprimido ali é 24 horas. Amanhã ela vai levantar lá por umas horas dessa. — Pensei: *mas é burro*. É claro que eu não tinha engolido o comprimido, não sou doida.

Eles começaram uma reunião, e eu só escutando do quarto: — Agora nós vamos fazer uma reunião pra ver o que fazer com essa mulher. As coisas mudaram e já estamos no final das investigações. — Escutei a cadeira do escritório rodar. Puxou prum lado, sofá pro outro. No meu pensamento eu acompanhava os movimentos. O major ainda voltou para o quarto, me iluminou de novo antes de começar a reunião. O burrão achou que eu só ia acordar no dia seguinte.

— Agora, a palavra é do doutor juiz da vara criminal — começou o major.

— É, as investigações foram muito bem, mas... A dona Geralda de Brito está livre, porque não encontramos nada criminalmente na vida dela. Mulher sofredora, sete menores pra ela cuidar. O esposo dela é deficiente de mente... O vagabundo é o patrão, comunista lá dos inferno... Então, amanhã, a ordem é que todo policial, todos os homens que estão aqui, inclusive o juiz de menor e o advogado, vai dar um bom dia sorridente pra ela. Tá tudo normal — ele falou um bocado de coisa lá, mas não tenho como lembrar de tudo...

Todo mundo falou um bocado de coisa, mas lembro de escutar o major falando que ia me levar pra ser investigadora da polícia civil, detetive da polícia civil ou algo assim. Ia me encaminhar, não sei o quê... Também consegui ouvir o juiz de menor: — Ó, a dona Geralda de Brito é uma mãe muito sincera com os filhos. Para uma mãe criar sete crianças não é fácil. Ela é uma mulher de coragem, não é covarde. Eu não apoio a proposta de deixar os filhos dela pra parentes ou pra quem quer que for, para trabalhar. Eu, como juiz, de menor, não apoio — e terminou assim.

O dia nasceu e às 5 horas da manhã eu levantei. Eu já tinha escutado movimentação. Os guardas estavam todos espantados, e eu nem liguei pra isso. Passei na frente deles e fui pra cozinha. Cheguei lá e já fui acender o fogo. Eles foram bater no quarto que o major tava dormindo:

— Major, dona Geralda acordou assustada — um deles falou pela porta.

— Quem?! — o major sem entender.

— A dona Geralda. Tá assustada. Ainda é 5 hora agora e ela já levantou.

— Assustada?! Você acha que essa mulher aí tá assustada?! Ôôô... Isso aí é igual a um galo! — o major respondeu.

— Levanta aí, majó, e chama um médico pra vê o que que ela tem. Pode tá lá passando mal... — eles preocupados.

— Eu tô deitado! Eu não vou levantar que eu sei que ela tá bem!

Ficaram insistindo na porta do quarto do major até que ele se levantou. Ele levantou e chegou onde eu estava já batendo na porta. Ele era desaforado dum raio:

— Abre o olho pra eu ver. Abre a boca e põe a língua pra fora.

— Aaaah! Agora além de majó cê ainda é médico? — eu disse debochando depois de arregalar o olho.

— Eu não falei pra você que ela não tem nada, nada! Tá pronta pra brigá de novo. Essa mulher parece de aço. Eu vou deitar e dormir mais um pouco. Deixa ela em paz, à vontade — o major pediu aos soldados.

O Zeca morria de medo da polícia, sempre teve. Quando o major chegou com aquele tanto de polícia, tinha uma ordem de Belo Horizonte para levar o Zeca preso, só que ele estava com pneumonia, quase morreu. Acabaram levando ele para Arinos e depois para Brasília, e foi lá que fizeram uns exames de cabeça nele. Nisso, descobriram que ele tinha uma deficiência, a mente dele não funcionava para algumas coisas — ele consegue fazer uns trabalhos, mas nem tudo. O major até me disse que eu era uma mulher forte, porque o meu patrão era um vagabundo comunista e meu marido era um louco.

Daí em diante, depois do comprimido eu só pensava: *Graças a Deus! Agora cabô tudo! Finalidade*. Estávamos almoçando quando o major lembrou que tinha meu depoimento pra pegar. Pediu que eu tomasse banho, era pra preparar pra esse tal de depoimento. Andou pra lá, pra cá — eu vi que ele tava inventando coisa. Chegou bem perto de mim:

— Tenho uma coisa pra te perguntar.

— Uai, fala!

— Tem uma medalha que foi vista aqui na Fazenda Menino, ela consta no processo. Relataram que tem uma medalha comunista aqui na casa e nós reviramos a casa toda, canto por canto, guarda-roupa e tudo... Não existe essa medalha dentro de casa — contou o major.

— Uai, majó! Cê andou tudo aqui e, desde a primeira vez, não me tocou em assunto de medalha. Agora... Depois de tanto tempo, cê vem me perguntá dessa medalha? Se cê me pergunta da primeira vez eu tinha te mostrado.

— E quem pegou essa medalha?!

— Ninguém! — respondi.

— Onde tá essa medalha?! Como você tocou nessa medalha e não tem sinal dela dentro da casa? — ele falou desesperado.

— Ela não tá dentro de casa não! Você qué ir vê onde ela tá? — perguntei. Eu não era louca de deixar essa medalha, denunciada, em casa não!

O major fez que sim... Atravessamos uma cerca e levei ele até a medalha. Eu tinha colocado ela dentro do oco de um pau. Era como se fosse um poste — prendi lá dentro com duas pedras. Só que, para tirar, precisava partir o pau, porque coloquei as pedras bem firmes, prendendo de um jeito que não tinha como sair sem quebrar o pau. A medalha estava lá enrolada num jornal. O major chamou um tanto de homem para ajudar a partir o pau e perguntou o motivo de ter escondido.

Só disse que era pra ninguém roubar, porque podia ser de valor. O Adão tinha me sufocado para entregar a medalha e fiquei com medo dele levar, mas eu não contei isso ao major. Nem nessa hora prejudiquei o Adão. Antes do major aparecer por aqui, Adão veio atrás da medalha — briguei até de arma na mão com ele. Os policiais conseguiram tirar do tronco e levaram a medalha. Nunca mais vi...

Quando tiraram a medalha, achei que tinha acabado, mas eles não esqueceram do depoimento. Me avisaram que tinha o depoimento e pediram para eu conversar com Hermann, para finalizar a investigação. Chamou, chamou Belo Horizonte, Rio de Janeiro, até que:
— Dona Geralda! Vem aqui! — O rádio amador estava funcionando, era Hermann:

— O que você tem para falar de Geralda A. de Brito, Hermann? — o major perguntou.

— Eu não tenho nada para falar dela! Não tenho nada que acusar, mesmo se ela me acusar. Podem me dar pena de morte, mas não tem como acusar ela de nada! — Hermann virou bicho nessa hora de tão alterado.

— Eu não tô falando que você sabe de tudo desse vagabundo. Não é pouca confiança que ele tem em você, falando que até pena de morte pega... — O major ficou todo desconfiado da reação dele.

— Uai! Se ele tem tempo que me conhece, tempo numa luta dessa... Eu nunca sentei numa cadeira para falá mal dele, é por isso que ele confia em mim. Sou amiga dele, conheço ele e não posso denunciá o que não vi — falei com o major e prossegui. — Boa tarde, Hermann. A investigação tá terminando e eu não tenho nada que acusá ocê, vamos continuá amigos até a morte — cumprimentei o Hermann.

— Eu sei, Geralda. Te conheço — Hermann finalizou a conversa.

Depois disso veio o escrivão da polícia para registrar o meu depoimento. Durante o depoimento, esse escrivão me disse que eu só precisava falar o que podia. Ele não me obrigou a falar o que eu não tinha consciência. Aí contei tudo, da minha situação de pobreza antes de vir — o meu desejo era ter um lugar para meus filhos morarem bem. Ele perguntou se o Hermann me tratava bem, se ele me pagava, quanto eu ganhava... Falei tudo e assinei. Só que depois disso eu não podia mais ficar aqui, tive que ir embora.

Toda vida, desde novinha, eu queria ter minha vida livre

O major disse que eu não podia ficar mais na Fazenda Menino. Não dava nem pra carregar a mudança, larguei a maioria das coisas e fui para Arinos. No começo, consegui me manter vendendo umas madeiras da fazenda, aluguei uma casa de chão batido e pagava as despesas da casa e comida com esse dinheiro. Só que o major tinha deixado um cabo responsável por mim. Ele me tomou tudo e ficou com essas madeiras. Eram de três a quatro caminhões de madeira de aroeira. Ele disse que eu não podia mais vender aquilo, e com isso eu não conseguia mais pagar o aluguel. Fui parar na casa de palha de uma amiga, ela tinha feito essa casinha — não tinha parede nem nada, era toda aberta. Mudei com as cobertas e as panelas: um sofrimento. Ainda assim, melhor do que nada. Meu irmão, para me ajudar, levou uma parte das crianças pra casa dele, e as outras ficaram comigo.

A situação estava muito ruim e essa amiga me aconselhou a mudar para Brasília. Falou que lá eu ia conseguir trabalho, mas eu não tinha dinheiro nem pra pagar as passagens.

— Eu vou pedir ao motorista não cobrá d'ocês. — Nunca gostei de pedir nada a ninguém, foi ela que me ofereceu e organizou tudo. O motorista disse o dia do movimento mais tranquilo e lá fomos nós. Eu tinha dois tios, irmãos de minha mãe, que moravam em Brasília — fui atrás deles. Logo arrumei emprego em casa de família. Cuidava das crianças de uma enfermeira, o marido era professor. Ela gostava muito de mim, mas eu cismei e não quis ficar mais. Tinham me contado que Zeca estava por Brasília desde o dia que os militares levaram ele pros exames, então resolvi ir atrás dele. O povo falou que ele estava lá pros lado do Paranoá, e a gente estava no Gama. Um dia pedi a meu tio, que trabalhava perto de Zeca, que fosse comigo porque eu não sabia andar por Brasília. Cheguei no lado sul, vi um bocado de obra e encontrei um guarda: — Tô atrás de um José, conhecido como Zeca Louro. — Esse guarda saiu perguntando até que um moço disse que era primo do Zé e me explicou que ele estava pro lado dos materiais de construção.

— O que a senhora qué com Zeca? — o primo perguntou.

— Sou mulhé dele, tenho sete filho com ele! Ele largô tudo e nunca mais voltô, não procurô mais a família. Tô morando de favor, ele vai tê que responsabilizá pelas criança e pagá um aluguel pros menino.

— Ih, que barra pesada pra Zeca. Eu não sabia dessa!

— Pois é! O senhô não sabe, agora fica sabendo.

Lá foi o primo chamar o Zeca...

— O que ocê veio fazê aqui? — foi a primeira coisa que Zeca me disse quando me viu.

— Vim atrás d'ocê pra ocê pagá um aluguel pro seus filho.

Zeca foi conversar com o mestre de obra para tentar arrumar algo. O primo dele me chamou pra tomar café, sentamos e conversamos. Eles organizaram e me deram um dinheiro pra comprar comida pros meninos e alugar um lugar. Só que eu não queria as coisa daquele jeito e já saí falando:

— Eu não vou não, ocê vai e aluga, porque a hora que vencê esse mês, eu vô tê que ficá responsável. Ocê vai e fala com meu tio, tem que assumir.

— É melhor você ir, Zeca, sete criança é pesado — o primo aconselhou.

Zeca conversou com meu tio e alugou um quarto com ele. Pagava todo mês trabalhando de servente. Zezinho tava com 15, 16 anos e começou a trabalhar com meu tio. Fátima, Lúcia e Maria cresceram e foram trabalhar olhando criança. O tempo passou e nós continuamos morando nesse lugar do meu tio no Gama. Fomos equilibrando, até que vieram com a ideia de uma invasão no Samambaia, perto de Santo Antônio Descoberto. Deram um barraco para Zeca morar, aí não precisava pagar aluguel e nós mudamos pra essa invasão. Um dia, teve uma tempestade e o barraco, que era coberto de papelão, foi pro chão. Naquele mesmo dia eu disse ao Zeca que não ficava mais lá de jeito nenhum — meus filhos iam acabar morrendo naquele lugar. Arrumei um caminhão com um pessoal do serviço social e voltei pro aluguel na casa desse meu tio.

Tudo caminhava e, de novo, um parente de Zeca disse que abaixo da barragem tinha um barraco desocupado e não precisava pagar aluguel. Moramos lá. Depois de um tempo voltamos pra invasão, até o dia em que chegou um povo do Gama numa kombi, era uma irmã da igreja: — Eu vou falar com o meu esposo pra ver se ele te arruma um pedacinho de lote. É melhor você morar lá do que nessa invasão que não dá nem pra pôr seus filhos na escola. — Me deram um lote e comecei a fazer um barraco. Morei quatro anos nesse lugar. Aconteceu muita coisa, tive até doença de chagas, fiquei internada quase um mês, mas Deus me libertou da morte. Passou esse tempo todo e eu consegui voltar para a Fazenda Menino.

A vida em Brasília eu não gostei. Eu tinha a casa cheia de filhos e não podia sustentar. Tentava trabalhar — duas vezes eu tentei em casa de família, mas eu não me adaptava, não dava conta dos outros me mandar. Toda vida, desde novinha, eu queria ter minha vida livre. Não gosto de ficar deitada, nem ficar parada, mas eu quero mover minha vida por mim mesma. Negócio dos outros tá falando: "Faz isso aqui, ó...", "Hoje é isso, isso e isso". Eu ficava preocupada, chateada. Pensava: *mas o que eu tô fazendo na casa dos outros?!* E não dava muito certo.

Na casa da enfermeira tinha umas quatro crianças. Eu ia lá todo dia, mas não dormia — não me adaptei. Fiquei três meses e depois arranjei outro emprego na casa de uma madame. Essa era professora e o marido tenente da polícia — foram só três meses também. Eles tinham só uma criancinha recém-nascida quando cheguei lá. Eles não eram ruins pra mim, era eu que não conseguia mesmo... Falavam: "Hoje o almoço eu quero isso, isso e isso...", e eu só pensava: *o tempo que eu fico fazendo comida do jeito que os outros manda, eu podia tá na minha casa, fazendo comida pra mim, do jeito que eu quero.* Sei lá, era uma coisa minha mesmo. Desisti e fui embora.

Eu tinha muita dificuldade na parte dos filhos, medo deles ser bandido, ladrão, por causa da pobreza. Se eu deixasse eles à toa, ia aprender o que não presta... Por isso eu não gostava de sair muito de casa e nem me envolvi com os movimentos de lá — foi uma vida bem parada. Até a igreja eu demorei pra frequentar. Eu ficava em cima, manejava eles, onde ia, o que fazia... Quando consegui botar eles lá pra estudar, pra aprender, eu ficava atenta que hora que ia pra escola, que hora que chegava.

Na minha casa em Brasília tinha todos os meus filhos, aí precisava ter pão, algo assim... O Zeca trabalhando como servente comprava arroz cateto, que nem cozinhava direito, e feijão, feijão de segunda — carne não tinha como comprar. Um franguinho dava pra comprar pescoço, pé, essas coisa pra fazer mistura pros meninos. Eu ficava meio chateada, porque eu queria que os meninos tivessem uma alimentação melhor. Foi indo até que falei: *Ô, qué sabê de uma? Vô me embora pra roça.* Nesse mesmo tempo, seu Hermann tinha ido atrás de mim em Brasília. Chegou pra mim e disse que se eu quisesse voltar pra Fazenda Menino ele ia me ajudar, ia me dar um documento de ocupação de posse. Resolvi e voltei pra cá. Foi quando considerei a possibilidade de voltar e Hermann apareceu.

Eu comecei a sonhar que eu voltava pra esse lugar. Eu detestava quando uma pessoa falava pra mim da Fazenda Menino. Eu dizia: — Nunca, não quero vê Fazen-

da Menino. Nunca vou lá mais, tem nem pensamento.
— Só que esse lugar aparecia no meu sonho. Conversei com uma irmã da igreja e até pedi para ela orar para eu não voltar, e ela disse que Deus só queria a minha felicidade, e ele mostrou que eu ia voltar. Eu preferia morrer do que voltar. Tive chagas, não podia mais ter filho e engravidei, perdi no parto, e foi aí que aconteceu toda a história da minha volta.

Voltei! Cheguei aqui e todo mundo dizia assim: "Eu quero só vê o que aquela mulhé vai comê, o que eles vão dá pra'quelas criança. Vai morrê de fome". Eu não trouxe nada de colchão, nada de esteira, só as cobertas e os lençóis, nem travesseiro. A casa tava com quase 1 metro de altura de esterco. Nós arrastamos esses estercos, lavamos essa casa, forrava o chão com lençol e deitava. Já tinha uns seis meses de nós aqui, o seu Hermann apareceu, me deu um dinheiro para comprar comida, colchão e o que precisasse. Comprei e desse dia pra cá ele não me deu mais ajuda não. Deus foi me abençoando e estou aqui até hoje.

Major Rubens falou pra mim: — Se você ficar procurando aquele vagabundo comunista, vai ser pega de novo e agora o negócio é feio para você. — Tive muito medo de procurar o Hermann, mas ele me encontrou — já tava velhinho — e queria muito me ajudar, só que ele já não era mais aquele homem de dinheiro, influência. Ele foi muito maltratado, torturado. Ficou 24 horas dentro de uma geladeira, não sofreu pouco não. Era pra ele morrer, me contou com a boca dele. Colocaram ele num quarto gelado, ficava em pé porque não tinha onde sentar — se encostasse na parede, alguma coisa pregava nele. Era ficar em pé e no meio, não podia cair, não podia nada, 24 horas pra uma pessoa de idade. Quando saiu de lá foi direto para o hospital, teve internado por um tempo e melhorou. A polícia foi lá e pegou ele de novo, soltou no subúrbio do Rio de Janeiro com um pano preto na cara colado. Ele não sabia nem onde tava. Aí ele pelejou, pelejou. Eles tentaram matar ele duas vezes, dentro da geladeira e depois levando pros cafundó... E ele não morreu: — Eu não sei, Geralda, como é que eu tô vivo. — Com tudo isso aí, ele não tinha mais aquela condição. A gente chegou a se encontrar outras vezes. Ele mandou alguém de Belo Horizonte buscar eu aqui para levar para contar da Fazenda. Às vezes, ele me chamava:

— Geralda, você quer ir pro Rio? Eu pago a passagem pra você ir.

— Eu?! Nada! Vô nada! — respondia pra ele.

— Mas você é medrosa...

— Sou medrosa não, só não quero caí no buraco que eu ja caí — eu falava e ele ria.

Nesse retorno comecei a me organizar por aqui. O tempo foi passando e me ajeitei, até voltei a dar aula. As aulas era tudo aqui na sede mesmo, nessa casa, e eu era contratada da prefeitura. Eles mandavam lápis, papel, o resto do material mais a merenda. Eu ensinava o povo a ler e escrever, tinha aluno de 7 pra 8 ano e uns com 15 que não sabia nem o que era um "A". Essa gente toda daqui teve aula comigo.

Você nasceu para guerrear, e não para ser vencida

A situação em Brasília não era nada boa. Sete crianças dentro de uma casa, pagando aluguel, comprando gás ou carvão. Lá eu não via uma solução: só duas qualidade de comida, não dava tempo de fazer três, e o gás era caro, um preço terrível. Um parente meu de longe — estava morando em Arinos — quis que Zezinho e Antônio fossem morar com ele. Como faltava muita coisa em casa, o próprio Antônio também achou que ia ser melhor. Até hoje ele reclama que foi muito maltratado por esse povo e sofreu muito. Quando voltei pra Fazenda, os dois vieram morar comigo de novo — foi um alívio.

Na casa do lote que a irmã da igreja me deu foi mais tranquilo. Ela tinha oito filhos e não saía de casa, só para visitar, conversar, ir pra hospital e fazer compras. A irmã não precisava trabalhar e ela conseguia olhar os meus filhos também. Eu saía para lavar roupa, passar, ganhar um dinheirinho. Me arrumaram uma venda de produto chamado geleia real. Eu conseguia vender aquilo porque tinha quem cuidasse dos meninos pra mim. Uma vez, quando voltei pra casa, ela tinha dado até almoço pros meus meninos. Esse tempo teve um pouco de sossego.

A primeira igreja que fui em Brasília era adventista, mas não achei bom, porque eu não tinha como luxar. Não dava pra eu comprar uma sandália arriada, uma sandália de luxo, não tinha como ter nada — era roupinha simples, muitas vezes usada, costurada, reformada. Quando foi um dia, eu saí da igreja e as irmã me acompanharam até fora do portão e falaram:

— Olha, irmã, a igreja do evangelho é assim: nós temos que procurar o melhor pra vim pra igreja, porque a casa do pai é o único lugar que nós vamos. Por isso, na casa do pai, nós temos que vim bem ornada. Procura ter um sapato melhor, uma roupa melhor.

Pra mim não dava porque vivia sem dinheiro, eu não trabalhava fixo. Dinheiro de servente dá para comprar roupa boa? Não tem como comprar alimento pros filhos e pagar aluguel, ia dá pra comprar roupa? Cheguei em casa e falei com Zeca: — Cê vai fazê feira, traz uma sandália pra mim. — Ele trouxe uma sandália havaiana e com essa eu fui pra igreja. No dia da igreja as mesmas mulheres caminharam atrás de mim dizendo que eu não tava adequada pra entrar na igreja. Falei que nunca ia mais lá e não pisei foi mais.

Já na Congregação Cristã fui muito bem acolhida e, mesmo depois de sair de Brasília, continuei indo — tô até hoje. No dia do meu batizado, batizou também a minha mãe, meu filho adotivo e o Zezinho. Batizou quatro da casa e eu não fui mais para trás não. Foi melhorando, devagar. Às vezes parece que nada acontece, mas as coisas assim são devagar, né?! Hoje, eu nem lembro. Tô lembrando pra contar essa história, mas na minha vida cotidiana, do dia a dia, eu nem lembro de toda essa vida...

Na igreja da Congregação as mulheres sentam de um lado e os homens de outro. Não mistura lá, eu posso ir com um moço, mas ele vai sentar do lado dos homens e no final todo mundo vai embora junto. Dizem os anciões que é porque sempre homem e mulher tiram a comunhão espiritual do outro, então é melhor sentar separado para ouvir a palavra, comunhão com os hinos, comunhão com o testemunho cantadinho... E se sentarem juntos, sempre tem uma coisa que acaba distraindo. Eu também nunca senti falta de sentar junto com os homem tudo não, eu acho é bom.

Na Congregação, a primeira vez que fui, eu vi lá a própria palavra falando e, na volta pra casa, pensei: *não dá pra ir pra Congregação não, é melhor ficá quieta porque eu não vô dá conta. Eu não tenho quem faz as coisa para mim, vô ficá de esmola o resto da minha vida? Como é que vô fazê?* Passou um tempo, voltei, orei e conversei com Deus — ninguém sabia o que eu tava pedindo: *eu tenho vontade de ficá nessa igreja, meu Deus, mas não tenho como, porque não tenho esposo, é debilitado e tá muito difícil.*

Eu não conhecia os irmãos da igreja, nenhum ancião, ninguém, e no meio do culto um ancião leu parte da bíblia de esposo e esposa e disse:

— Aqui tem irmã que não vai ficar na Congregação porque considera que não tem esposo. O dia que ele não tá de pedra para você, ele tá de bronze. Que diferença pra irmã tem a pedra do bronze?! O peso é um só. Se você pegar uma pedra de bronze e a outra pedra de mármore, o peso é igual. Deus te fala essa noite que o Senhor Jesus conhece todas as dificuldades de sua vida, por onde você andou, pra onde você passou, acusações. Até levada ao matador você já foi, mas quem que te livrou foi ele. Você nasceu para guerrear, e não para ser vencida. Deus te fala essa noite: Jesus é o teu esposo. Você hoje tá aqui sem um vestido ou um sapato bom, você não tem nada. Veio aqui pela graça de Deus que queria hoje te dar resposta. Jesus te fala: essa noite ele será teu esposo. Fica firme, faz a vontade de Deus que ele vai te dar tudo.

Eu peguei essa palavra e vim-me embora. Cheguei na fazenda e batizei em Arinos. No começo foi ruim, porque eu precisei voltar um pouco pra Brasília, mas com o tempo não passei mais fome ou fiquei sem roupa e sapato para a igreja. Hoje, se eu não tenho muita roupa e sapato é porque eu não quero — não vou comprar, gastar dinheiro pra amontoar coisas dentro de casa sem futuro. Prefiro uma banda de vaca, um porco pra botar dentro do freezer do que comprar roupa cara e negar dividir com uma pessoa que chega. Gosto de servir, oferecer alguma coisa. Acho melhor repartir o que eu tenho com o próximo, não comigo só.

A vida abre as portas. Eu não tenho dificuldade, quando tenho penso assim: *e agora, meu Deus?! O que é que eu vô fazê, tô apertada.* A porta abre e tudo cai no lugar. Tem tempo que eu fico meio apertada com negócio de dívida, no fim do ano, algo assim. Eu não peço nada para filho, nem para genro, para ninguém — fico caladinha. Uma porta sempre abre e eu pago tudo, fico tranquila. Eu tenho uma fama de boa pagadeira. Se eu contar o que é que eu ganho ninguém acredita. Eu ganho 1.200 reais por mês, e o Zeca ganha um salário — ele compra o básico: feijão, arroz... Mesmo assim, não é toda vez que ele compra. Aí, aparece um saco de feijão aqui — feijão sem veneno —, eu compro logo um saco grande e dou um jeito. Óleo eu não uso, eu compro o porco inteiro ou arrobado e Deus multiplica tudo isso.

Não é todo mundo que sabe o que aconteceu comigo, d'eu ser levada no matadouro. Eu conto pro pessoal do Sertão[10] todo ano. Eu não falava muito, comecei a falar abertamente mesmo com o Sertão Veredas. Antes, algumas pessoas chegavam, começavam a conversar comigo, eu contava poucas partes e pronto. Nunca tive, assim, mágoa, tristeza pelo que passei, por ser levada. Quando veio o advogado da CAUSA,[11] ele me levou lá como símbolo, filmou tudo... O que me aconteceu foi uma coisa do mal, mas teve outras coisas também. Pr'ocê ver, vivi a situação de meu esposo e meu sogro tentarem me matar. Vocês hoje teriam coragem?! Um cara tenta te matar e o outro manda alguém fazer. Você tem coragem de ficar na família morando com ele? Eu pergunto e ninguém tem. Pra mim, eu tô fazendo favor para ele, não tenho medo — perdoei o pai. O Zeca ainda não sei se um dia vai me pedir perdão...

O que se faz, aqui mesmo se paga. Às vezes, tô assim sozinha e penso em tudo que aconteceu para mim: *ô, meu Deus, como que eu passei por tanta coisa? Por que eu passei? Ah, porque que eu tinha de passar!* Minhas outras irmãs, meus irmãos, ninguém nunca passou por isso, todo mundo casou bem. Meu irmão arranjou uma mulher ótima, minhas irmãs também arranjaram homens que cuidam delas — as duas. E eu?! O próprio

---

10 | Refere-se aqui ao Caminho do Sertão. A Vó também chama os caminhantes de "povo do Sertão Veredas".

11 | Empresa fundada por Max Hermann para financiar o empreendimento da Fazenda Menino e da Cidade Marina.

major falou para mim que o Zeca é doente da mente, não tem a mente desenvolvida. O que é que eu vou fazer?! Se eu não cumprir, não ficar cuidando dele até Deus abençoar — ele ir ou eu, no outro lado —, quem vai pagar caro é eu. Eu garanti pro padre e no civil que eu ia cuidar dele na vida, na morte, na bondade, na enfermidade e em tudo. Eu jurei alguma coisa que eu não cumpro?! É a minha palavra, por isso não tem nada de guardar mágoa. No começo eu tinha! Depois que fui para a igreja evangélica, eu fui limpando a mente e deixando pra trás.

Eu vejo que até hoje eu sou muito agitada, se uma pessoa ficar pisando muito no meu calo, fico brava, mas é só aquela horinha. Se chegar aí mais tarde: — Dona Geralda, me dá um copo d'água. — Eu já ofereço: — Entra aí. Você quer café? — Aqui não tem mais isso. O povo aqui, depois que a idade veio — eu doente com problema de visão e diabetes —, me respeitam muito. Só que antes, mais nova, quando alguém pisava no meu calo, não só a pessoa como com quase todos que vinham aqui, até o Preto Santana, eu retrucava o mal com o mesmo mal — era na hora mesmo que eu enfrentava. Desde eu nova que tenho esse problema: a pessoa me perseguia e eu deixava? Não! Na hora, se eu pudesse, dava esculacho ou fazia errado, mas depois eu não tinha mais aquela raiva de perseguir alguém, ficar jogando praga não!

A volta do Hermann, eu aqui na Fazenda Menino, o batizado: tudo me deixou mais tranquila — e olha que teve outras brigas braba por aqui... Teve uns que entraram pela Ruralminas para regularizar as terras — ela chegou aqui por eles, grandes fazendeiros e fundiários. O Hermann era a favor do Incra, e não da Ruralminas. O Hermann parou de mexer com isso, sabe por quê? Ele adoeceu e os filhos era tudo contra ele dar conta das coisas por aqui. O genro era contra, o filho e a filha muito mais. Tive uma conversa com dona Carmem, filha dele:

— Dona Geralda, eu não quero que meu pai entra nessa mais, ele já tá velhinho, doente, escapou da morte e deve a vida à senhora. Era um dos condenados à morte. Se a senhora condena, ele não tava mais aqui e ninguém ia achar nem os ossos pra sepultar. Nós aqui sabemos disso! A senhora aguentou coisas terríveis pra poder defender ele, em nenhum momento a senhora falou mal dele. Não sou contra ele ajudar a senhora, agora, mexer com essas coisas da Fazenda Menino não dá. Ele tá pobre, não tem mais nada, nem condições de ajudar a senhora do mesmo jeito do passado tem. Se tivesse a senhora tava bem amparada, mas não tem.

— Não, dona Carmen, eu tô amparada, eu tô dando aula, eu tô plantando horta, plantando as coisa. Tô bem — eu falei com ela.

— Te dou minha palavra que nós nunca vamos chegar nessa fazenda e apresentar como dono. A senhora pode passar os anos que a senhora morar. Se o governo não ir te amolar, nós nunca faremos. Tínhamos era que te ajudar, não amolar! Só não quero mais meu pai envolvido com esse lugar.

Foi aí que precisei me envolver mais... Na época do Max os posseiro ficava tudo tranquilo. Foi quando começou a guerra contra o comunismo que a situação de atormentar os posseiro veio. Os fazendeiro comprava uma terra de um posseiro, uma roça, uma casinha lá, um ranchinho. Só que aí eles queriam cercar 2 mil, 3 mil hectares de terra e atingir o outro posseiro — isso dava uma guerra... Os posseiros antigos precisavam ir atrás do sindicato, da polícia, porque dava até morte. Foi nessa situação que nós tivemos que mobilizar.

Os posseiros antigos tudo passando sufoco. Por isso a gente ia até a Fetaemg,[12] pra poder discutir os direitos de posseiro, pra eles conhecerem os direito que tinha. No tempo do Max, eles não tinham aborrecimento, moravam tranquilos, não conheciam o que era lutar pela terra — eles nem sabiam que tinham direito. Depois da perseguição, qualquer um que chegasse numa terra daqui e dissesse "aqui ocês não pode ficá, me vende essa posse aqui", os posseiros vendiam, por qualquer dinheiro. A luta era grande, o posseiro precisava de apoio pra não vender e ter que sair por qualquer ameaça. Eu dava muita força, como dou até hoje se precisar — eu tô caindo, mas o gosto por minha palavra não caiu —, e dou a palavra pra levantar.

A gente começou a orientar pra não fazer isso, pra valorizar a terra que a pessoa já tinha e pra proteger a terra do outro. Aqui em casa tinha reunião, até grande, da Fetaemg com sindicato, um bocado de coisa. Numa das reuniões do Incra com o presidente do sindicato, eu convidei o Eloy Ferreira e ele veio pra assistir. Foi o

---

12 | Federação dos Trabalhadores na Agricultura do Estado de Minas Gerais.

primeiro encontro meu pessoalmente com ele — gostei muito dele. Almoçou aqui comigo. Na época era presidente do sindicato de São Francisco e também me convidou para ir numa reunião, bem grande, lá na casa dele. Fui com mais dois daqui — dormimos lá e voltamos. Passou um tempo e ele veio de novo aqui. Conversamos muito a respeito da reforma agrária, sobre os posseiros. Não levou tempo e ele foi matado. Mandaram pra mim o cartão da missa de sétimo dia que a família fez. Ele era muito dedicado, muito esforçado.

A primeira luta nessa volta que eu enfrentei foi com a Ruralminas, porque eles chegavam aí ameaçando os posseiros da região. Os posseiros diziam que não tinham dinheiro pra comprar terra, pagar a terra pela Ruralminas, os custo de escritura, esse problema todo. O povo vinha falar comigo: "Como que nós vamo fazê, dona Geralda?". Marquei uma reunião com a Fetaemg com André Montalvão, que também tinha sido presidente de sindicato. Falei que ia com os posseiro daqui num ônibus pra poder resolver esse problema com a Ruralminas. Alugamos um ônibus cheinho pro povo da Fazenda Menino e fomos até Belo Horizonte. Lá na Fetaemg, reunimos com os presidentes dos sindicatos, o de Arinos — João Ferreira, apelido Ari, estava junto. Um advogado chamou nós para uma reunião com o deputado da Ruralminas. Fui junto com André Montalvão e Ari — lá tava cheio de ficha feita, umas 800 fichas de gente nova pra ocupar terra da Fazenda Menino e eu sabia. Eles escutaram a gente porque era um ônibus todo, muita gente, e foi só aí que o deputado da Ruralminas propôs a conversa com um advogado.

Eles viram nosso ônibus chegando. Nós fomos direto para a Segurança Pública. Eu não queria permitir aqui isso, ia acabar com os posseiro do lugar, as roça, rancho e tudo — era muita gente. Não foi só essa reunião, eu sempre ia na Segurança para pedir pra todo mundo conseguir falar, mas eles sempre tiravam pra conversar só nós três. Não lembro o que falamos nessas reuniões, mas discutimos, discutimos, até que parou: aquietou um pouco a situação por aqui. Veio de novo o pessoal da Ruralminas para entrar aqui, invadir, aí voltamos pra lá, outras reunião, reunião, reunião e os mesmo três pra ir lá conversar. Eu tinha falado antes dessa reunião com os dois:

— Não tem como impedir que eles venham, tem muita gente. Vai tê apelação, não vai dá certo.

— Dá sim, dona Geralda, a senhora é mulhé de coragem e agora tá acovardando com nóis — os dois viraram para mim.

— Pois cês vão vê!

— Qué dizê que na opinião da senhora, como a senhora tá aí no pensamento, nada vai dá certo? A senhora já tá derrotada?

— Cês que é homi que devia resolvê isso — e discutimos.

O negócio estava brabo nesse dia, a polícia lá de fuzil na mão. Chamaram nós numa sala de um prédio diferente e mandaram os três sentar. O ministro velhinho virou: — O que vocês desejam? — O André começou a conversar com ele sobre a invasão do povo da Ruralminas. O homem ficou brabo com ele, discutiram, André calou a boca. O presidente do sindicato de Arinos explicou que a gente precisava de proteção, mas ele não aceitou as história do Ari, até que o ministro chegou pra mim:

— Dona Geralda de Brito Oliveira, o que a senhora deseja?

— Ministro, o motivo é sério, não é coisa fácil — respondi.

— Por que, minha filha? — ele me chamou de filha, falando mansamente.

— Nóis tamo numa área que já é cheia de problema. O senhô já ouviu falá de jirau? — perguntei.

— Eu já! Meu pai era fazendeiro, ele mandava fazer jirau pra algumas coisas.

— Pois é! Lá na Fazenda Menino hoje — que toda a vida foi muito badalada — tá complicado, porque é igual um jirau mal-fincado: nós tamo lá tudo balançado.

— Mas é só a senhora? — ele ficou curioso.

— É todo mundo que tá lá! Os posseiro tudo, porque ninguém tem documento e agora somos ameaçado por 800 pessoa que vai entrá lá. Todo mundo tá preocupado de perdê a terra. A família tem uma roça pequena, mas é de lá que comem. Tem uma que tem cana, outra tem um milho, um feijão, uma mandioca. E 800 pessoa vai entrá e vai bagunçá tudo.

— E o que a senhora quer que eu faça? — ele perguntou.

— Eu queria que o senhô desse uma providência de tê um carro da polícia em Arinos, mais polícia e um delegado oficializado, porque o delegado de lá não sabe discernir nem a direita da esquerda. Querem acabá com os pequenininho! Quem sai ganhando é quem tem dinheiro. O povo da roça é medroso, acaba indo embora de medo.

— Minha filha, você me dá o prazo de quanto tempo? — o ministro me perguntou.

— Uai, aí é o sinhô, não é eu não.

— Então eu vou pedir à senhora o prazo de um mês pra mandar o delegado, mais polícia e carro, assim quem for entrar não vai invadir o plantio do outro. Não tenho como impedir a entrada. Isso é uma área com documento pra ocupar. Já me deram a lista de 800 famílias, não tem o que fazer — ele respondeu.

— Essa lista tinha que ser para área desocupada... — eu expliquei.

A Ruralminas não mexia na área dos fazendeiros grandes. Aqui era muito cheio de posseiro e roça — até hoje é assim. A pessoa com mais terra aqui tem 800 hectares, é Getúlio. Os outros tem pouca terra. Quando eles entraram a primeira vez foi um destroço, vieram e tiraram tudo. Na época, o presidente do sindicato de Arinos era o mais malandragem pra enricar, ficava dos dois lados e ajudava os fazendeiros. Eram 800 famílias pra entrar, cada qual ele cobrava um tanto. Quanto que ele não ganhou pra fazer a ficha? Eu fiquei com raiva mesmo — pra fazer ficha pra entrar numa terra não precisa cobrar! Ainda mais num sindicato. Só sei que até hoje nunca mais Arinos ficou sem delegado e nem sem polícia — quem pediu foi eu.

Ari e o André Montalvão falaram que eu tinha feito a minha derrota: — Se aquele ministro mandá delegado oficializado, como ocê quer, polícia e carro, eu mais Ari vamo andá até Belo Horizonte de quatro, a pé — André me falou.

Quando eles viram que ele mandou tudo... Então a Fazenda Menino ficou em paz. Pra esses lado não teve mais invasão da roça do outro, nem mais morte, não teve mais briga. Os fazendeiros ficaram tudo pro outro lado, lá tem muita briga, e por aqui o Getúlio não aborrece ninguém. Ninguém mais invadiu a área do outro. Essa fazenda aqui tem registro, com escritura e tudo. Só que hoje paga imposto, ITR e o sindical rural — acho que hoje até os pobres pagam o Incra. Tamo feliz, mas foi muita é perseguição.

A coisa foi melhorando, começou a sair gleba de terra pelo Incra, pro lado lá do Ribeirão, aqui na Caiçara, no Mimoso, lá pro lado do rio Urucuia. Através da nossa briga, a luta se espalhou — e foi que foi. Agora que parou, ninguém tá nem falando de negócio de posse. A luta aqui da Fazenda Menino foi antes de começar os assentamentos da reforma agrária.

Aqui não tinha esse nome "sem-terra", os posseiro que era assentado chamava de posseiro mesmo. Hoje tem muita terra que já foi escriturada com ajuda do sindicato de Arinos, do próprio sindicato aqui da Fazenda, do sindicato do Eloy lá em cima... Foi muito bom, participei demais dessa luta de quem já tava assentado. Eu gosto muito dos sindicatos. Hoje eu não frequento mais porque não aguento e também paralisou as reuniões. Acho que hoje quase ninguém reúne com sindicato, só paga o sindicato. Não tem mais reunião nas fazendas, mas lá em Arinos e na Chapada Gaúcha ainda tem.

O Eloy usava a palavra de Deus pra ajudar, mas eu nunca! Sempre falei normalmente. Tinha posseiro que falava que já tava cansado, que não ia dar conta de lutar, e aí eu dizia que tinha lutado muito por aquilo e contava a minha história. Porque isso aqui, depois que eu voltei, não foi fácil, tentaram até invadir minha casa. Os fazendeiros não gostavam de mim por causa dos pobres — eu lutei com pobre. Falavam que eu ia ficar sem nada e eu nem ligava. Nesse meu retorno que não tinha nem cama aqui na sede, eles achavam que eu não ia conseguir viver aqui, muita criança e eu sem nada. Só que eu não vim pra ninguém me dar nada, só Deus. Teve fazendeiro que disse que eu ia morrer de fome — os meus hoje come até ficar de barriga cheia.

No meu retorno, cheguei no meio da guerra. A vizinha vendeu a terra dela pro Mário Caetano, e ele mandou me tirar, mas eu não saí. Ele veio mesmo! Um dia eu tava em pé na calçada fora de casa quando ele chegou. Mandei entrar e já começou a falar:

— Ó, dona Geralda, a senhora ocupou uma posse que não é da senhora. Não quero briga, não quero maltratar a senhora. É uma mãe de família, tem muitos filho. Vou dar três caminho pra senhora. O primeiro é a senhora passar um documento pra mim colocando que vai ficar aqui um tempo demarcado, se é seis mês, se é um ano, até a senhora sair daqui. O outro é ficar como a minha empregada: eu te pago um salário pra zelar da posse e vou pôr pessoas pra trabalhar, e a senhora fica responsável pelos trabalhador que vêm construir, reformar casa, fazer curral. Por último, a senhora pode vender o direito de ficar aqui, a gente bate um contrato, eu pago e a senhora desocupa no prazo combinado.

— Pois é, dotô Mário. Eu vô te falá uma coisa, o senhô marcô três caminho pra mim, mas eu conheço só dois: céu e inferno. O caminho do céu é tão difícil pra ir, o do inferno eu já tô nele, e o terceiro eu tenho que descobrir... — falei com ele olhando pra mim com tanta raiva. Deu as costas e foi embora.

Depois ele vendeu aqui pro Assano Shinkai, um japonês. Antes dele vender pegou um povo lá do São Francisco pra me afrontar: — Ó, nós vamo fazê afronta pr'aquela mulhé lá. Ela vai sumir de lá, não vai aguentá, casa dela nem porta tem.

Passou um tempo até que chegou uma caminhoneta de homem pro lado de Santa Maria pra tirar madeira.

Meus primos que moravam pra'queles lado — até hoje tenho gente pra lá — e escutaram que tavam preparando uma pra mulher lá no Menino: invadir a casa dela e pintar com aquelas filha dela. Uma prima e um primo meu mandaram dois meninos aqui pra me contar. Os dois tentaram me convencer a sair daqui correndo e ir pros vizinhos. Me avisaram que ia chegar um tanto de homem pra estuprar minhas filhas, quebrar minha casa, levar tudo... Eu não quis sair, nunca fui covarde — eu tinha "soldados" que eles não tinham como vencer.

Eu sabia que eles não iam conseguir passar nem 10 metro de um pau d'óleo que tinha no caminho. Só vi a caminhonete fazer assim: *ghammmnn*, e meu sobrinho falou comigo: — Uai, a caminhonete parou, tia? — Respondi: — Uai, eles vão tê que mandá buscar o guincho em Arinos. Depois dessa, nunca mais os grandão vieram.

Todo mundo com medo, até minha mãe pediu para eu sair. Essa casa colocaram pra vender, até com um deputado combinaram dele vir ver a área da sede. Chegaram falando que o deputado tava comprando essa área aqui. Perguntaram o que eu queria para mudar, falaram que eu, com tanta criança, estava desamparada. Iam me dar uma área para eu desocupar a sede. Eu disse: — Meu filho, pode ele sê quem for, bom é um deputado mesmo... Porque a queda do pau grande é muito melhó que queda de pau pequeno, só vou esperá. — Só sei que espalharam que eu era doida.

A situação era a seguinte: antes dos militares chegarem aqui, eu combinei com Hermann de fazer um contrato pra ele me vender uma área, um lote — eu fechei de pagar com tempo de serviço. Tirei um lote de 78 hectares, na Grota da Perdiz, divisa com Ribeirão. Quando teve o Dops[13] e aconteceu tudo aquilo, ele viu que o pau ia quebrar e disse: — Geralda, eu não tenho como passar essa escritura pr'ocê, mas eu vou declarar nos recibos a venda, parcelar e te dar os recibos como se você já tivesse pagado tudo. — Quando os militares chegaram, eu mostrei pra eles.

Só que tudo desmantelou, e aquilo que tava planejado caiu por terra. Fiquei anos sem saber pra onde Hermann tava e ele sem saber de mim. A polícia deixou claro que nós não podíamos nos comunicar, eu ia presa se fizesse contato com ele. Max encontrou Adão em Unaí e foi assim que ele me achou. Ele deu um cartão pra Adão levar pra mim em Brasília. Eu liguei, conversamos e um dia ele apareceu em minha casa. Me explicou que não dava pra mexer com as terras que eu tinha comprado, mas que ele tinha direito à sede, que se ele morresse era dos filhos dele e todo mundo estava de acordo em me ceder — passar o documento e tudo. Assinei com ele, em Unaí, um documento de posse registrada: eu tenho a posse pacífica, não tenho a escritura daqui. Esse povo todo querendo tomar a sede, mas eu tinha o documento de posse.

Um tal de Assano Shinkai comprou do Mário, acho que ele não sabia de nada. Veio lá do Japão pra me dar uma queda, só que eu sabia de tudo. Ele veio falar comigo pra

---

13 | Departamento de Ordem Política e Social. Foi um órgão do governo brasileiro utilizado principalmente durante o Estado Novo e, mais tarde, na Ditadura Militar, responsável pela repressão a comunistas, anarquistas, sindicatos e movimentos sociais.

desocupar a terra, e eu avisei: — Assano, eu desocupo a sede, mas só se ocê fazê a denúncia na lei, se for pro fórum e denunciá que eu entrei na sua posse e prová. Se o juiz batê o martelo que a posse é sua, não te cobro e nem quero que cê me ajuda, pego meus filho, meus pano e vou embora. — Ele fez a denúncia que eu entrei na posse dele e, depois de um tempo, chegou o comando de Patos aqui: perguntaram de onde eu tinha vindo, expliquei que fui administradora, que passei anos em Brasília e voltei pra terra de meu patrão. Expliquei dos hectares que eu tinha comprado, contei que os militares levaram os recibos, mas que estava tudo na ata do processo da fazenda. Tiraram xerox do documento que passei com Hermann, perguntaram se eu provava que ele era o dono daquilo. Só disse que ele que tinha construído tudo, tinha prova maior? Eles queriam saber se ele não tinha vendido pra ninguém — eu disse que não. Foram embora.

Veio uma intimação pra ir até Unaí. Eu não tinha dinheiro pra chegar, vendi um saco de feijão pra conseguir ir. Eu não tinha testemunha, precisava pagar passagem pra testemunha ir, dar almoço pra testemunha... Não tinha como. Fiquei no Hotel do Bom Jesus. Só que um amigo me viu pegando ônibus sozinha. Ficou pensando como não tinha ninguém pra me acompanhar e foi de carro particular atrás de mim. A moça do hotel ficou sabendo da minha situação por esse amigo e me orientou a ir na defensoria pública, porque nem advogado eu tinha — até pediu pra um menino do hotel me acompanhar.

A advogada do sindicato me atendeu muito bem, ela disse que conhecia minha história e que ia me defender. No dia da audiência, uma hora esperando e nada do Assano Shinkai chegar, e nem as testemunha dele, o advogado da parte dele, tava lá. Até que o juiz deu um sinal lá, me chamou, tratou bem e falou: — Dona, eu vou te falar uma coisa, a senhora ocupou uma área do Assano Shinkai. Lá nessa área tem uma casa, uma sede, bem apropriada. Tá aqui no processo, muito segura a posse. A senhora planta cana com água de regra, tem horta, planta arroz, cria porco e cria galinha. A senhora tá bem apropriada, dona Geralda? A senhora mostra pra mim a autorização da senhora para ocupar essa casa? — Mostrei os documentos que eu tinha... — Ó, a senhora vai embora tranquila. Vai plantar sua horta, criar seus filhos e fica aqui no processo da senhora. Quem entrar na área da senhora pra te aborrecer não precisa nem vir aqui. A senhora liga pro foro de Unaí que a polícia vai na hora, é ordem do juiz. Eu sou o juiz — o juiz me disse.

Não tem sensação má quando a criança vem nascendo, tem é alegria.

Nessa minha jornada, desde lá atrás, foi muita guerra, luta e sofrimento, mas teve as alegrias da vida. Antes d'eu conhecer Hermann, de viver aqui na Fazenda Menino, lá em Santa Maria, aquele lugar que eu morava primeiro, contei que eu caçava lá — era um dia de São João. O povo tudo foi pras fogueiras, e a Santa — vizinha minha, esposa de meu primo — estava esperando neném. Meu primo ficou mais ela em casa, não foram pros festejos. De repente, ela deu de passar mal pra ganhar o neném, e o povão longe, fora de casa. Eu tava na casa da minha mãe quando meu primo chegou:

— Maria, Geralda tá aí?

— Tá! Garanto que é Santa que tá passando mal, não é? Ocê não me conta comigo não — a mãe respondeu.

— Não, eu sei que você não pode. Eu vim chamá foi Geralda.

— Mas Geralda só teve um filho, ela nem sabe o que é parto direito — a mãe lembrou ele.

— Não, mas é só para ficá mais a Santa de companheira, depois eu vô atrás de uma parteira — ele explicou.

Cheguei lá, a moça ruim, muito ruim, nas últimas pra ganhar esse menino. Eu falei pro meu primo: — Não, ocê não vai caçá outra parteira não, porque esse menino vai cabá nascendo só comigo e a Santa aqui. Ela tá nessa moleza, ninguém vai dá conta não. Ocê tem que ficá aí.

Ele não foi e ficou mais eu... Nasceu! Peguei o menino, fiz o parto dela, cortei umbigo e tudo, e arrumei a criança. Ela era muito da bocuda, saiu espalhando: — Agora, aqui na Santa Maria tem uma parteira. Geralda é melhó de que as parteiras. Ô mulhé boa para pegá menino. Com meu filho foi um parto tão bom... Ela tem um jeito tão bom de partejá. — Ainda avisei: — Santa, ocê deixe de conversá demais. Daqui a uns dias esse povo vem me buscá pra fazê parto.

Passou, passou tempo bom, o menino já tava grandinho, com uns quatro aninho, e outra vizinha minha tava de ganhar neném: — Ô, dona Geralda, quem vai pegá esse menino meu é ocê, eu não vô atrás de parteira. — Eu disse que não, mas sei lá o que ela aprontou. Passou mal e foi atrás de mim enquanto buscavam a parteira. O marido ficou enrolando por lá, e quando a parteira chegou o neném já tinha nascido comigo — tava tudo preparado. Esse parto também foi antes de vir para a Fazenda Menino.

No meu tempo em Arinos, antes de Brasília, na época perdida sem saber para onde ir, fiz o parto de outro menino. Aí eu fui embora para Brasília e lá tinha médico de sobra. Voltei pra cá de novo e quando cheguei virou uma profissão — eu tava muito boa. O povo me chamava: "Ô de casa, seu Zeca, dona Geralda tá aí? Ah, fulana tá passando mal, mandô buscá ela. O cavalo já tá arriado". Eu montava e ia mais essa pessoa para lá, fazia o parto e arrumava tudo, lavava as roupas, arrumava a mulher. Tinha vez que eu ficava assim de dia pro outro — não era sempre, porque eu tava dando aula e não podia ficar. Eu sei que peguei muita criança aqui. Tem casa com cinco filhos comigo de parteira, outras três, dois ou um — só sei que se juntar tudo é uma turma boa. Deus me ajudou: nunca uma mulher teve nada nas minhas mãos. Nem a criança nem a mãe tiveram descaminho.

Quando a criança vem, tá nascendo, é uma coisa mais... Uma sensação boa pra gente — parece que ocê tá ganhando um prêmio. Você sabe que aquela mãe que tava passando sufoco vai descansar, ficar tranquila, aí sente um prazer. Além da criança que nasce, tem o descanso da mãe. A alegria que a mãe tem, o pai, quando é bondoso também — é só alegria na hora que nasce. Tinha pai que atirava de espingarda porque não tinha dinheiro pra comprar fogos. Na roça, o povo usava soltar fogos quando nascia uma criança. Assim: fogos ou atirar com as espingardas, polveiras — *boooom*. Era alegria! A gente não sentia tristeza. A hora que a criança nascia era a hora da alegria. Não tem sensação má quando a criança vem nascendo, tem é alegria.

Essa mulher tem mistério...

Eu fui desenganada da medicina várias vezes. A primeira, eu tava ainda em Brasília. Arranjei uma doença de chagas no coração — falta de ar, inchava. Fiquei com cento e tantos quilos de tão inchada com esse negócio de chagas. Tava nos últimos graus. Fiquei internada no Hospital do Gama e não tinha remédio não, era só paliativo. Os médicos diziam que eu não ia aguentar, tal era o grau que já tava a chagas do meu coração. Fiquei muito tempo doente, até o dia que os médicos não deram mais jeito, tiraram eu do hospital e mandaram pra casa. Estava há meses na cama, já em casa sem o que fazer, nenhum tratamento dava conta, aí fui um dia pra igreja — ainda era nova na igreja. Eu não aguentava ir a pé, aí o Zezinho arrumou um táxi e me levou. Lá uma irmã botou eu do lado da porta pra poder respirar o vento, porque era muita dificuldade de respiração. Fiquei lá, veio a oração primeiro, depois a testemunhança, e quando foi na hora da palavra veio a cura:

— Aqui tem irmã que é desenganada e o estado não é fácil, também é nova nessa graça. Irmã, se tu crê hoje, é você sair da porta da Congregação e tu vai ficar liberta. — E falou, falou... A igreja manifestou, ficou tudo muito alegre e eu esqueci. Levantei com fraqueza. Tem umas irmã que escuta, pra negócio da piedade, cuida dos enfermo da igreja, e uns irmãos que leva as coisa materiais — uma roupa, calçado, comida pras pessoa que não têm. Se chegar lá na igreja e tiver doente, dão banho, limpam a casa. Tem um grupo de irmãs que cuidam disso, e duas desse grupo vieram comigo: uma tomou a minha frente, a outra veio por detrás, e saímos. A irmã que me levou no começo falou assim: — Uia, a irmã Geralda levantô sem precisá de ajuda.

Saí caminhando sobre o tapete da Congregação e passou um relâmpago na minha frente — levei um choque. Não era tempo de chuva e um relâmpago na porta da igreja?! Mas era mesmo! Esse coração disparou. *Pá pá pá pá pá pá!* Fiquei avexada porque o coração tinha uns seis meses que não batia daquele jeito. Saí e não conversei mais, passei o portão da igreja e peguei o caminho pro rumo de casa. Vim embora, de táxi, com uma irmã, um irmão da igreja e o Zezinho. Em casa, deitei, embrulhei e a irmã disse:

— Deus hoje fez uma obra no coração da irmã. A irmã tá boa.

— Será? — disse o Zezinho.

Ela pediu que o povo de casa deixasse eu deitada e não mexesse comigo, pra eu ficar em paz. Todo mundo chegou, deitou, não perguntou se eu tava bem, se eu tava mal. Acordei umas 5 horas e vi que estava uma sujeira no meu barraco, as criança tudo mal organizadas. Botei os trem tudo desse barraco pra fora e levantei os meninos, fiz café — não sei quantos meses que eu não fazia pra eu nem pras crianças. Até hoje fiquei curadinha.

Na outra vez, eu já tava aqui na Fazenda Menino mesmo. Meu fígado tinha pedra, e um dos rins — o direito — também tinha umas pedras bem grande: três ou quatro pedras. E no esquerdo um tumor do tamanho que era o rim, e o pâncrea tava com problema também. Eu fui para Arinos, fizeram os exames daquele negócio de televisãozinha e a doutora pediu urgência. Na época, até o prefeito ficou apavorado e conversou com a doutora: — Cê cuida de mãe Geralda — me chamava nessa época de mãe Geralda —, porque ela não tá bem não. O estado dela tá muito ruim. — A médica pediu tudo de imediato. O médico, ainda no exame, disse pra Rita que eu já estava morta e que não tinha mais como. Rita começou a chorar lá:

— Rita, cê tá chorando e eu tô é alegre. Deixa de sê burra, filha! Eu tô viva ainda, não morri. Deixa pra chorá quando eu morrê.

— É, mãe, tudo a senhora leva na brincadeira.

— Amanhã cedo vocês vêm buscá o resultado — a médica avisou.

No outro dia cedo, a Rita foi mais eu buscar os exames. Como era coisa urgente, a médica disse que ia pro posto esperar esse resultado lá mesmo. Saímos do hospital e fomos direto pro posto. Quando a médica olhou o exame:

— Dona Geralda, não vou passar remédio nenhum pra você. Não tem condições. É muito remédio que precisa. Vô só passar um remédio pra verme que a senhora tem. Pode tomar até hoje, uma dose só. Era um verme de Jeca Tatu, não lembro o nome...

Achei é bom que ela me explicou tudo. Eu conhecia o verme e lembrei que Jeca Tatu, depois que curou desse verme, ficou rico. Falei com a médica:

— Eu também vô ficá rica, por causa que eu vô tomá esse remédio. Esse verme vai morrê e eu vô ficá rica. — Até que a médica, com os olhos cheio de lágrimas, começou:

— O estado da senhora não tá bom. O médico do exame explicou pra senhora?

— Falô sim, dotôra, mas eu não tô nem aí não.

— Vô pedí o Carlos Alberto pra mandá levá a senhora pra Brasília hoje, sem falta.

— Não, dotôra, não faz isso não. Eu não preciso não. Eu vou pedí pra meu genro vim me buscá — falei com a doutora.

Ela ligou pro Carlos Alberto e pediu pra ele dar uma vistoria no carro pra me levar, que não podia sair pra uma viagem dessa sem equilibrar não-sei-o-quê. Rita aproveitou o orelhão perto do posto e já queria ligar pras minhas filhas que estavam em Brasília. Eu não deixei:

— Não avisa de jeito ninhum! Eu não vô pra Brasília!

— Mãe, a senhora tá ficando é fraca do juízo! — Rita revoltada, mas eu puxei a mão dela lá, tomei o microfone do orelhão, botei lá de novo.

— Não vai fazê isso! Cê sabe que no fim da semana que vem tem o aniversário da Camila — minha neta que ia fazer 15 anos. — Eu não vô antes disso. Já tá tudo engatilhado, arrumado pra fazê, e se eu for não vão fazê, e ela vai ficá triste.

— Mãe, não pensa nisso, que Camila dá jeito — ela desesperada, e não deixei ligar.

Nós saímos caminhando devagarinho, ela brigando comigo, ameaçando avisar pras minhas filhas de Brasília. Nessa época, ninguém tinha telefone celular, era orelhão ou telefone fixo de casa. Rita contou meu caso pro meu irmão. Ele brigou pouco comigo e levou o Carlos Alberto na minha casa:

— Ô, mainha, se a senhora quisé ir até agora, tá tudo arrumado.

— Carlos Alberto, vô te falá uma coisa. Não precisa se preocupá, eu vô esperá essa semana.

— Deus que me livre! Daí a senhora vai passá do tratamento — ele sem acreditar.

— Passá?! Passado já tá. Ó, eu sou diabética. Não é fácil controlá uma diabete pra fazê umas operação dessa. Eu não vô guentá três, quatro operação. Então vô esperá.

— Eu vô respeitá a senhora, mas a qualqué hora que a senhora quisé tá o carro lá à disposição — Carlos Alberto finalizou.

Na casa do sogro da Rita, contaram a história e eles queriam não fazer mais o aniversário da Camila, acabar com isso pra eu ir logo tratar em Brasília. Falei: — De jeito nenhum! Seu Luigi, de jeito nenhum. Vai fazê o aniversário da menina. Se eu for pra Brasília, pra mim é mais pior. Invés de eu melhorá mais um pouco, eu vô piorar e acabá preocupada por causa da menina. Já tem vaca comprada, tudo pronto pra fazê o aniversário de 15 ano dela, alugado o clube. Mesmo se eu tivesse morrido, não era proibido fazê. Eu não morri, tô aqui! — Controlei eles, tiveram de conformar.

No dia do aniversário, quiseram me levar de carro. Diziam que a pé eu não dava conta. Me arrumei e fomos até o clube, sentei numa mesa e um bocado da família sentou junto comigo — nem andei, porque eu não aguentava. Daí a pouco, lá pras 11 horas, meu irmão encostou: — Vamo embora que ocê não vai guentá ficá mais aí. Eu tô achando que ocê tá ficando muito ruim. — Levantei devagarzinho, e lá na frente, no corredor, tava esse casal de irmão da igreja que era de Brasília, tinham convidado muitos irmão de Brasília, e veio esse casal. Eu quis despedir deles e conversamos: — Irmã Geralda, ocê gosta muito de orá. Amanhã é domingo e eu vô pra Brasília às 7 hora fazê umas visita, mas antes vô orá na casa que eu tô, se a irmã quisé ir lá...

— Irmão Eliel, se eu tivé morta no caixão e ocês reuní e me chamá pra orar, eu gosto tanto de oração que ocês vai corrê tudo, porque eu levanto e vô orá. Não vai me chamá pra orá quando eu tivé morta não — respondi pro irmão.

— Irmã, ocê é toda cheia de graça. Do jeito que ocê tá, ainda fica com brincadeira? — ele riu e eu me despedi dele.

No dia seguinte, umas quatro e meia da tarde, a Rita chegou na casa do meu irmão pra me buscar pra ir na tal da oração. Meu irmão, que não era crente:

— Essa mulhé nem guentou levantá, passou quase o dia todo deitada, vai saí de pé pra ir orar? Cê qué um fardo de orá?

— Toni, enquanto eu não morrê eu tenho que orá. É bom pra mim — respondi ele.

— Ah, fica nisso aí. Depois ocê cai dura aí na rua, é pior. E junta aquela multidão de gente sem precisão: morrê a gente morre é na cama. Fica caminhando na rua doente não — ele sem acreditar que eu ia mesmo orar.

— Na rua é que é bonito, junta aquele povão!

A Rita me ajudou e fomos devagar. Naquela situação eu quase não comia: era um caldinho, mas tinha vez que nem isso, eu tomava e o caldo voltava tudo, não ficava no estômago. Lá fizeram um caldo e suco pra me dar e, um pouco antes do horário daquele irmão ir para Brasília, ele começou: — Agora nóis vamo orá que eu tenho que ir pra Brasília. — Eu sentia o vento tocando meu corpo e, durante a oração, uma voz começou a falar comigo. Dizia para eu pedir outra oração ao irmão: — Fala com meu servo pra fazê outra oração que vou operar obras e milagres. — Eu pensei: *Meu Deus do céu, o irmão com passagem comprada pra Brasília e eu vô tê que pedí outra oração na hora que cabá essa!* — a voz continuava, dizendo a mesma coisa, e eu resistindo, porque não ia atrapalhar o irmão. A voz insistiu e eu com aperto. O irmão com a mala pronta, já perto da porta. Ele terminou, tava de joelho da oração, e perguntou: — Quem tem alguma visão pra contar, recado pra dar? Quem tem? — Lá tinha um tanto de gente, um povo jovem. Ninguém tinha nada pra falar, até que ele disse:

— Sabe onde tá o recado que Deus mandou?! Na irmã Geralda! Mas ela tá sem decidir se dá ou se não dá. Irmã, se Deus mandou ocê falá, ocê fala!

— Ah, irmão, é muito pesado o que Deus mandou te falá. O recado é pr'ocê mesmo, mas é pesado — eu preocupada com o irmão.

— Não, irmã, não tem peso nenhum não. Se eu não cumprir, o peso é pra mim, não é pra irmã. Agora, se a irmã não me dá, o peso é seu — ele insistiu.

Eu contei. A mulher dele começou a perguntar o que era pra fazer. Não ia dar tempo dele ir. Como nunca menti, todos sentiam a força que tinha aquela palavra. Eles sabiam que, se o irmão saísse, Deus ia mandar um recado pra ele voltar, então a viagem foi cancelada... Sentamos, conversamos sobre tudo, e só lá pras 11 que o irmão começou outra oração. Todo mundo — até os jovens — continuou lá até o final. A Rita ficou pertinho de mim, eu tava fraca demais, tinha medo de eu cair, e nós somos companheira de oração. Aquele povo foi tomado espiritualmente. Desceu uma luz, um anjo vestido de ouro — mas um ouro purinho — e clareou tudo, e a gente comunhou com olho fechado, que só assim se vê as coisas espirituais. — Eu sou o anjo do Senhor e vim para operá em irmã Geralda. Eu sou Miguel. — Se eu já tava ruim, nessa hora as carne saiu do corpo. Outro anjo chegou: — Eu sou o anjo Gabriel e vim para te curar, te operar. — Eles conversaram:

— Gabriel, opera a irmã Geralda, primeiro o fígado. Agora opera o rim direito dela e, no esquerdo, tira o câncer maligno, joga nas treva. Opera o pâncrea e o esôfago. Fica com paz de Deus, Geralda! — enquanto Miguel falava com Gabriel, eu sentia uma coisa passar.

Depois que terminou a oração, fiquei deitada um pouco lá na casa, depois voltei para minha casa com a Rita. Fiquei curada. Uns dias depois, peguei o exame e fui pra Brasília. Eu sabia que tava curada, mas levei no Hospital de Base. O povo quase ficou louco. O médico — depois de ver os exames — mediu minha pressão, coração, abriu meu olho, viu a língua e falou: — Mas a senhora não tá doente, dona Geralda! Uma coisa dessa, como que surgiu?! Não tem como a senhora tá com tudo normal, não faz sentido. — Fui também no Hospital HRAN e os médicos só faltavam sambar — todo mundo doido. Fizeram novos exames e eu normal. Isso faz uns doze anos.

Na terceira, fui em tudo quanto é médico — falaram que eu tinha uma mioma. Qualquer médico ginecologista, cirurgião, faz uma operação de mioma, é muito fácil prum especialista, mas ninguém queria me operar.

O último médico mandou eu voltar pra casa, plantar minha horta, ficar com a família e fazer o que eu sempre fiz aqui na Fazenda Menino. Melhor do que ficar um ano e tanto naquele hospital, era podre lá. Eu pensei: *Ué, esse médico é doido! Uma mioma... Minhas amiga opera de mioma e com oito dia tá caminhando na rua! E eu com essa mioma aqui ficá hospitalizada um ano?* Como naquele hospital era tudo muito ruim, a Rita me chamou pra ficar na casa dela. Onde ela morava tinha um médico bom, ela ia marcar uma consulta. Hospedada lá, me deu vontade de comer um mocotó! Eu já tava bem fraquinha.

— Mãe, mãe! Que invenção é essa da senhora comê mocotó? A senhora tá doente — a Rita falava.

— Eu vô cumê! Vai comprá pra mim! — pedi pra Rita.

— Não vô comprá mocotó pra senhora não...

Um dia, visitando minha irmã, meu cunhado tava com um mocotó lá. Eu disse que tava com uma vontade de comer mocotó, mas que a Rita não queria deixar eu comprar porque eu tava doente. Ele brincou, disse que Rita era fraca. Cortou um pé do mocotó e me deu numa sacolinha. Voltei pra casa da Rita pra cozinhar.

— Eu não vou pôr esse mocotó no fogo, mãe! A senhora tá caçando briga, caçando morte! — a Rita falou quando eu cheguei na casa dela com o mocotó.

— Cê é muito é burra — falei com ela e botei esse mocotó na lenha.

Tão fraca que eu tava, não dava conta — o fogão era baixinho. Esse trem cozinhou, tirei do fogo, acabou a pressão da panela: — Eu vô cumê só a unha desse mocotó, mas vô cumê. — A Rita brigando comigo, mas comi um pedaço da unha. Daqui a pouco dei de passar mal:

— Rita, eu não tô bem não!

— Eu falei pra senhora que não comesse essa porqueira!

— É bom que morro logo e não fico sofrendo...

E veio uma disenteria, vomitei, o trem evoluiu até que eu não aguentei levantar mais — fiquei deitada numa cama. Pedi a Rita pra passar um azeite de oliva na minha barriga pra ver se melhorava, tava doendo demais. Quando ela passou esse azeite morno, a barriga deu um estouro! Aí *bum*! E cresceu na mesma da hora — aquele barrigão. A Rita sem saber o que fazer. Só pedi para ela dar um jeito de chamar uma ambulância, e ela com medo d'eu não aguentar nem chegar no hospital. Começou a vir gente em casa. Foi enchendo, irmã, cunhado — o povo não parava de entrar, até que a ambulância veio.

Todo mundo apavorado. O médico, doutor Aguinaldo, foi correndo pro hospital. Tava lá pra casa dele — esse tempo não tinha plantão, a hora que precisava, o médico vinha pro hospital. Ele conhecia a família, cuidava das minhas meninas. Pegou elas pequenas, já tinha me consultado, botou eu em cima da mesa e viu:

— Rita, venha aqui! Cê tá vendo?! Sua mãe não vai escapar dessa não. O intestino dela estourou. Eu nem vou consultá nem nada. A ambulância que tá aí já vai levá ela pra Brasília, aqui não tem recurso pra ela. Nenhum, nenhum.

A Rita começou a chorar. Me botaram de novo na ambulância e cheguei num hospital em Sobradinho, mais perto. Era emergência: — Aqui não! Aqui não tem recurso pra ela não. Leva pro outro hospital... Tem só dois hospitais aí que vai recebê ela, se recebê...

Sobradinho e Planaltina não me trataram, nem o HRAN me recebeu. Não me quiseram, aí corre pro Hospital de Base. O motorista já chegou falando: — Ó, agora eu vou deixá ela aí! Se ocês não recebê, não tenho como voltá com ela pra Arinos mais não. — Dois médicos e duas enfermeiras acharam melhor eu ficar. Disseram que já tava nas últimas, mas iam tentar — isso era sexta-feira. Fizeram um tanto de exame e, no sábado, chamaram meu genro Maneco, que me acompanhou nessa confusão toda — o marido da Rita: — Olha, entra em contato com filhos, esposo, irmão, com a família dessa paciente, porque precisa conversá com uma pessoa que pode responsabilizá. Vamo precisá de um laudo assinado pela família para fazer uma operação de alto risco.

Meu genro não quis assinar de jeito nenhum, foram minhas filhas Maria e a Fátima que chegaram pra assinar o laudo. A Maria, quando me viu naquele estado, desmaiou. Foi a Fátima que assinou o laudo. Não tinha mais recurso para a minha situação — eu tava fedendo tanto. Os médicos decidiram me abrir não pra me curar, e sim porque precisava de uma limpeza pra família ter direito de fazer velório e enterro, porque o cheiro era tão forte que não tinha como, depois de morta, eu sair dali para o cemitério. A Fátima conversou comigo, disse que se eu não quisesse ela não assinava, foi tudo muito estranho, mas pedi pra assinar. Ela estava com medo que alguma coisa acontecesse por causa desse laudo. Eu só pedi para ela assinar e não ficar com culpa nenhuma.

Levaram eu pra mesa de cirurgia, me abriram igual abre um animal pra limpar, tratar. Tiraram pedaço do ânus, ovário, útero. Tava tudo podre dentro de mim, tudo preto da cor de uma saia preta. Limparam tudo. Eles esperando eu morrer — o estado tava de falecer a qualquer hora. Eu não morri! Quando o médico chegou, a família toda esperando a notícia. Escutaram:
— Por incrível que pareça, a paciente tá viva! Tá permanecendo viva! Nós já tiramos da mesa de cirurgia. Nós só limpamos, não teve condição de fazê mais nada. Só limpamos. E por ora ela tá viva!

Fiquei não sei quanto tempo na UTI, até que me levaram pro quarto, e com cinco dias eu tava caminhando no corredor. Uma enfermeira falou lá com umas moças:
— Essa mulher tem mistério...! É tanta gente que vem visitá ela que tem hora que os porteiro fica atribulado! O chefe do hospital teve que abrí o portão pra ficá livre a visita dela. Quando ela ficá boa vamo perguntá se ela é política.

O doutor veio e me explicou: — Eu sabia que, com a senhora já de idade, com muitos filhos e netos, todo mundo ia desejar fazer seu enterro. Fiz uma limpeza pra tirar o mau cheiro, e você levantou. Tá com vida aí. Mas não deve isso pra mim, nem pra medicina... Você deve ser muito má lá no lugar que mora, não tem mais limite de ruim. Todo mundo onde você mora levantou a mão lá pro Grande — eu não creio muito no Grande não, mas existe — pr'ocê não pisar mais lá. Como sempre, as coisas acontece o contrário: ele resolveu te voltar o fogo de vida pra eles ficar com raiva mais ainda. Tavam achando que iam ficar alegre de você morrer, mas você não foi... — O doutor bateu a mão na minha cabeça e ainda falou: — Eu tô é brincando com a senhora. Eu sei que você não morre de qualquer coisa não. É uma pessoa muito boa na sua terra, porque não tem lógica de você tá sentada nessa cama. — Eu já tava até mijando e fazendo cocô direitinho.

Eles me entregaram para um médico novo — doutor Adalberto —, muito amoroso e cuidadoso. Tinha hora que parecia que nem dormia, ele ia o tempo todo me ver. Até um médico especial eu tinha. Todo dia passava uns onze médicos pra visitar os pacientes, dar palestra, explicar os casos. Paravam em mim e contavam toda a minha história — o pessoal ficava impressionado. Era pra ficar de um mês até três no hospital, mas com 20 dias de quarto recebi alta. Eu tava bem e o médico disse que quem me curou ia terminar o trabalho — eles tinham consciência que aquilo não era obra da medicina. Fui embora, mas precisei ficar em Arinos um ano e seis meses de repouso. Até me banhar minha filha fazia. Eu estava muito fraca e a circulação do meu corpo não tava boa — colocavam bolsa de água quente pra ajudar na circulação, era uma trabalheira só, até que recuperei e voltei para a minha casa. Nunca mais sofri com problema de rim e fígado.

Quando voltei, cheguei ainda fraca, doente, e não dei conta de fazer outra coisa a não ser arrumar a cama. Forrei, botei edredom, travesseiro e deitei. Zeca — "que muito me ama" — entrou lá no quarto:

— Cê botou duas coberta? Tá arrumando essa cama aí?

— Uai, vô arrumá minha cama pra dormí — respondi.

— Se você tivé pensando que eu vô dormí com carniça, mais é nunca! Ocê tá fedendo igual carniça.

Fiquei quieta e ele dormiu na varanda nesse dia. Descansei em paz e não comentei nada. Passou o tempo, Deus me deu uma vida melhor, saúde. Recuperei e chegou o dia em que ele veio de novo:

— É, agora eu vô passá a dormí mais ocê. A cama sua é boa, bonita...

— Agora não, eu não preciso de homi mais. Eu andei doente e ocê não me deu um pingo de valô nessa enfermidade terrível. Além de não ajudá a cuidá de mim, não deu dinheiro, não deu nada. Meus filho que cuidou de mim, meus genro. Teve genro meu que ponhava eu até nos braço. O Manuel, se a Rita não aguentasse me carregar, era ele que me levava pro banheiro pra banhar, ele e o Alcinho — e ocê ainda falou do meu cheiro. Aqui não. Nunca mais eu deito com você!

E nunca mais ele dormiu comigo. Foi em 1994 que aconteceu isso. Não me entristeceu, pelo contrário, me alegro demais porque não falta quem cuida de mim, gente pra me fazer rir e me ajudar. Tem pessoa que não quer ter uma parte boa nas coisas espirituais. As materiais têm cheiro, dinheiro... Mas a hora que a alma não quer mais carne, também não quer mais perfume e vai lembrar do que fez com o próximo. Não foi por escolha minha que fiquei com aquele cheiro. Quem gostaria de passar por uma doença dessas?

É proteção de Deus! Espiritualmente nós não entendemos direito o que somos. Agora, a guerra nossa na terra é da carne, essa só quer as coisas boa. Eu não sei nem por que eu tô contando isso aqui, não conto essas coisas pra ninguém não! É muito difícil... São segredos espirituais, uma dádiva de Deus. Não pode ser contado pra qualquer um que abusa. Porque eu acreditei e estou gozando da saúde, da vida que ganhei. É ruim pra quem desacreditar, e pra vida acontecer precisa acreditar.

Além dessas história, tem a do meu câncer de mama. Consultei um médico em Arinos e lá me mandaram pro Hospital de Base, e foi constatado um câncer muito evoluído. Eu ia ter que me submeter a uma cirurgia de mama, e precisava ser uma operação rápida, porque tava avançado demais. Eu sentia assim: muito debilitada e mal. Marquei a cirurgia. Fui antes na igreja e lá me falaram que o Senhor ia fazer uma obra de honra e glória. Eu tava tão ruim que não tinha nem mais carne no corpo.

No dia da cirurgia, cheguei no hospital e fui direto pra internação. Eu só escutava aquelas enfermeiras chamando as mulheres de uma lista, todas na mesma situação de câncer de mama que eu. Chama uma, outra, e nada de falarem meu nome. Vieram me perguntar se eu também estava na lista. Eu disse meu nome e ele não estava no prontuário. A minha cirurgia não estava na lista — tinha desaparecido. Me mandaram embora e eu precisei remarcar o médico. Ia ter que fazer tudo de novo. Todo mundo ia atrás do meu prontuário, mas tinha sumido.

Cheguei em casa e já tava me sentindo melhor — foi estranho, eu fui pra lá tão fraca. Inteirou um mês e me chamaram para a consulta. O médico me perguntou se eu tinha operado no hospital particular. Expliquei pra ele a situação do dia da minha internação e ele ficou passado, revoltado, com o tempo de demora pro povo me chamar. Chegou outra médica, ele explicou que eu estava sem tratamento, sem cuidado médico e que aquilo não podia acontecer. Fiz mais exame e o câncer desapareceu... Ninguém acreditava, porque, mesmo tirando o câncer, eu ainda ia precisar de um tratamento difícil. A médica disse que eu não tinha mais nada, não tinha mais tumor — só uma glândula. Fizeram biópsia, oito dias pra ficar pronto o exame. Quando voltei, era só a glândula e eu não precisei tirar. Não fiz cirurgia. O médico disse: — Isso é coisa de Deus mesmo, porque de homem não é!

Eu também tive um aborto no hospital de Arinos. Minha mãe achou que eu não ia resistir, de tão mal que fiquei. De um dia pro outro melhorei com um remédio e nada explicou direito aquilo. A medicina falhou comigo! O último filho que tive, o pré-natal foi em Brasília. O médico não me encaminhou pra tirar a criança antes dos dia esperado de nascer, foi tudo mal feito. O hospital não me recebeu, me mandou pro hospital particular Santa Lúcia — falaram que era especial, usado pra não-sei-que-lá. O meu coração não tinha resistência pro parto... Fizeram meu parto, eu morrendo, morrendo, e o nenê com uma hora de nascido faleceu de parada cardíaca... E aí foi desse jeito que tudo aconteceu. Sou mesmo desenganada da medicina, não é por causa dela que tô aqui pra contar tudo isso. Dentro de mim, eu desejei de verdade viver. O dia em que a morte chegar pra mim, chegou, não tenho medo. Enquanto não chega, vivo e conto minhas histórias, continuo passando por riba das pedras e saltando como sempre fiz, desde nova.

A senhora é a dona Geralda? A bem--aventurada?

O Zezinho, o primeiro filho, contei do parto. Agora, na personalidade, sempre foi menino muito, muito aceso. Me ajudou demais quando era criança, trabalhadorzinho: com 8 anos já fazia coisa que era de adulto fazer. Um pouco ignorante, mas sempre humilde pra mim — fazia tudo na humildade. Até hoje ele faz tudo que eu quero, mas tem hora que responde mal. É um tal dele achar ruim e cair em cima de mim com palavras grossas... Só que é muito direito e não foge de trabalho.

Fátima é barulhenta que só ela. Muito boazinha pra mim, filha que muito me ajudou! Boa gente demais. É mulher dum professor e esse é tão dedicado! Se ele chegar aqui e faltar alguma coisa, precisar de uma mesa, um móvel na casa, ele vai lá em Arinos, compra e manda pra mim. Outro dia, os guarda-roupas aqui estavam todos velhos — ele comprou dois novinhos e botou aí! Ele é que me dá o dinheiro, sem eu nunca ter pedido, de pagar uma moça pra mim não ficar lavando roupa, varrendo casa e fazendo serviço pesado. Sempre diz que só não dá mais porque os custos dele são muito altos, pesados demais. Ele também é doente — se não fosse, ajudava ainda mais. Fátima primeiro esteve com o pai do Luiz Alberto, depois foi conviver com esse meu genro muito tempo, e há pouco eles casaram, ela já com filho de trinta e tantos anos.

Lúcia é muito boa também. Só que ela é muito exigente! Quer mandar em mim, e eu não aceito. Se eu precisar dela, é só ligar e ela tá sempre atenta, compra remédio pra mim, pega a insulina no posto, estojo, tudo. Ela é divorciada, foi. Não deu certo com o primeiro marido, teve dois filhos com ele, mas largou e divorciou. Passou um tempo e conheceu esse senhor, aí nasceu minha neta Vitória.

Depois da Lúcia, tive a Maria do Carmo. Também é ótima, muito amorosa e alegre, igual eu. Tá ficando velha e o povo diz que parece comigo demais — até nas loucura. Ela não casou. Tem quatro filhos com esse cara, estão juntos, mas ainda não casaram, eles já têm até neto! Minhas bisneta é grande, bonita, vai fazer festa de 15 ano. O Antônio é bom menino, calmo, nunca foi malcriado pra mim. É muito trabalhador — carpinteiro —, tem casa boa, carro, é muito organizado.

A Marina morava aqui perto de mim. Era um anjo. Faleceu, a maior das tristezas da vida. Ela organizava minha vida, tirava meu dinheiro, fazia feira, mercado... Eu falava que tinha vontade de comer caqui, maçã, e ela dava risada — dizia que eu gostava era de fruta de rico. Ela sempre arrumava um jeito de fazer meus querer. Mesmo quando não encontrava, ela pedia pros colegas comprar. Tenho muita saudade... Ela tinha um desejo muito grande de se formar e conseguiu, realizou. No trabalho, era muito disposta, fazia tudo direitinho — chegou até a ser perseguida. Tem vez que a tristeza bate forte demais, mas tenho alegria por ela ter vivido. Hoje ela tá num lugar melhor.

O Paulo, no tempo dele mais novo, deu muito trabalho. Saía de casa, mas nunca foi malcriado pra mim. Com uns 16 anos pra 18, ele deu pra beber; entre 18 e 20 anos, arranjou uma namorada, teve filho, viveu uns anos com ela e separou. Ano retrasado ela sofreu um tumor maligno, faleceu. Paulo hoje não bebe mais, não fuma, é um ótimo filho, muito atento, sempre preocupado comigo. Ele reformou essa casa, cuidou de tudo.

A Rita era quem cuidava de mim na parte de médico. Toda vez que eu precisava ir pra Brasília, eu ficava na casa dela mais do que em minha casa. Tanto ela como o marido eram uma benção, cuidava de um jeito que faziam tudo por mim. Ela estava no acidente em que a Marina morreu — ficou paralítica. Já não tenho mais quem anda comigo, quem cuida de mim daquela forma. Era pra ela ter ido também, foi proteção de Deus. A junta médica do Hospital de Barros falou que ela ia viver paralisada numa cama, sem comer, beber, mantida por alimentação e nem movimentar, mas ia dar... Hoje ela faz comida, anda na cadeira de roda pra cima e pra baixo. O pessoal do serviço social deu a ela uma cadeira elétrica, mas ela não se adapta dentro de casa, não sente muita segurança só numa mão, prefere a cadeira comum, normal.

Ela era uma menina muito desenvolvida, bicha bonitona, doidona igual a eu. Arranjava muito casamento, uns casamento até bom, uns rapaz bem-criado... No casamento da Marina, esse moço, Manuel, chegou numa roda de rapazes e falou pro Chó: — Ano que vem sô eu que caso com a irmã. — Não deu outra, fui lá no meio deles: — Cuidado com que ocê fala. Ninguém tira onda com filha minha não! — Ainda aconselhei Rita, lembrei que quando ela era pequena, duns 8 aninhos, eu ficava esperando mais ela o transporte na estrada — a gente via cada carreta enorme, dessas que carrega toneladas. Disse a ela que se casasse com ele ia precisar de paciência maior que aquelas carretas. Casaram. Manuel me ajudou muito no meu tempo doente, mas Rita sofreu, segue vivendo e sofrendo, porque ele não tem um pingo de responsabilidade de nada, muita ruindade. É um casamento infeliz. Ela era funcionária pública, da prefeitura. Arranjei emprego pra ela igual a Marina, era pra trabalhar e estudar. Hoje podia ser formada — tá lá na cadeira de rodas e ele mal cuida dela. Quem ajuda são as filha e os genro, ele é folgado. Hoje ela sai e faz as coisas dela, mesmo sem ele querer. Como as filha também não é muito a favor dele, ajudam ela. Ela sofreu fora do limite, num tempo que podia ter tido uma vida melhor. Hoje ela tem uma casa, da Caixa Econômica — ela pelejou pra tirar. O Minha Casa Minha Vida, de Dilma, não conseguiu, porque o marido dela tinha nome sujo. Não tirava de jeito nenhum. Com a ajuda da filha, Bruna, ela conseguiu tirar uma casa da Caixa Econômica. É uma casinha boa, mas foi proteção de Deus e Bruna.

A Ana Maria é uma ótima filha! Moça dedicada, casou com um rapaz mestre de obra, teve seis filhos e todos são muito estudiosos. Tão formando, já tem três que tá pra formar. Os meninos são dedicados em casa, não ficam pelas ruas fazendo as coisas desonestas, são muito honestos.

O último é o Gerson, adotivo. Esse eu criei. Eu morava numa invasão de nome Cabeça do Viado quando a mãe me deu ele. Um tempo em que eu trabalhava de diarista, tinha uma menina que batia na minha casa pra pedir algo, um açúcar pra fazer uma garapa pra essa criança, coisa assim... Um dia, a Maria me contou que essa criança tava pra morrer, mal mesmo, e que essa menina — a mãe — só estava deitada, numa situação muito ruim, doente também. Não tinha mamadeira, nada pra dá a criança. Fui até a casa dela com Maria, era um barraco num estado horrível, e a mãe estava lá deitada, estirada. Perguntei a ela, que chamava Maria também:

— Que situação é essa sua? Por que cê não vai pro hospital? — perguntei ela.

— Aah... Não tem quem pede imbulância, não tem quem me banha, não dou conta de tomá banho sozinha... — me respondeu.

— Ué! E essa criança aqui desse jeito?! Por que cê não chamô vizinho pra cuidá dessa criança? Tá muito largada. Tem quantos dias que cê ganhô nenê?

— Tem sete dias — conseguiu falar com muito custo.

— Eu vô pegá essa criança e vô levá pro hospital. Na pediatria lá da L2, que é o melhor hospital de criança.

— Ah, dona Geralda, já passou do tempo! Não precisa a senhora levá não, já passou do tempo essa criança — ela me disse isso da criança.

— Passô?! Nada passa do tempo! Vou levá.

O menino podre, enrolei e levei pra casa. Tinha umas vizinha lá em casa que falaram que ela tava quase morta, não ia aguentar nem banhar — resolvi fazer um teste. Eu estava amamentando a Ana Maria, ela tava com uns oito meses. Tirei o leite do meu peito e coloquei numa colher, dei na boquinha e ele foi tomando com gosto. Ele tava quase desmaiado, mas bebeu três colher de leite. Era uma sujeira nessa criança... Peguei cueiro da minha filha, pano de berço, dei uma enrolada nele, porque tava feio demais, e saí pro L2. Uma madame que me conhecia tava lá num barraco na invasão, tinha ido buscar uma moça que trabalhava pra ela. Gritaram: — A dona Geralda tá com uma criança morta. Aquele ali tá morto. Vai com o menino morto pro médico! — Essa mulher ficou apavorada, me levou até o hospital, avuou!

— Ô, dona Geralda... Os médicos vão dar bronca na senhora, porque a senhora deixou a criança passá de tratado... Essa criança aí tá passada — a madame me falou.

— O quê?! A senhora acha que eu tenho cara de deixá uma criança ficá nesse estado?! Nunca tive, minha irmã, não! Criança minha é bem zelada. Nem quando eu morava na roça deixei uma criança minha num estado desse não!

— De quem é, dona Geralda? — ela perguntou.

— Da vizinha lá.

— Iiih, dona Geralda... Isso aí vai dá caso até de poliça.

— Ah, eu não tenho medo! — só respondi.

Eu entrei na emergência com a criança e ela foi fazer a ficha. Fez com o documento da mãe — o menino não tinha documento. O médico chamou e pegou a criança enrolada nos pano. Depois de desenrolar, a hora que viu o menino: — Criminosa! Criminosa! A senhora é uma criminosa! — Expliquei que não era meu filho, e ele continuou:

— Eu sei lá quem é a mãe desse menino! Seja quem for, a senhora ou outra, é criminosa! Vô chamá a polícia e mandá prendê essa mãe. A senhora vai presa também! Isso é crime. Deixá uma criança desse jeito, recém-nascida, sem banho, sem cuidado?! A criança não vai resistir.

— Dotô, eu trouxe pro sinhô cuidá! O senhô é médico pediatra, vai cuidá da criança, depois nós vamos discutir o problema com essa criança, que não é minha! É de uma vizinha lá que tá quase morta também, podre, precisando de cuidado. Eu só dei conta de trazê a criança. Se quisé mandá a polícia lá buscá, é bom, porque cuida da mãe. A madame que me trouxe aqui conhece minha família, já andou lá em casa e sabe que eu não tenho criança desse tipo. Eu tenho é nove filho! É tudo pobre. Não tenho casa boa, moro até em invasão, mas meus filho são bem-cuidado! Tem a hora de cumê, a hora de dormir, de banhá. Tudo organizado...

Ele se conformou e foi falar com os outros médicos. Olharam essa criança, trataram, as enfermeiras banharam ele. Ô! Na hora do banho, parecia que ia morrer, o neném só tinha o couro e o osso. Depois disso o pediatra internou o menino. O primeiro médico, o que queria me prender, conversou comigo:

— Olha, dona Geralda... A senhora fica responsável por essa criança! Se ele morrê, a senhora é que tem que tirá o corpo do hospital, do necrotério lá, se virar. E se ele vivê, for continuá no tratamento, ocê acompanha o tratamento até ter alta.

— Tem nada não, dotô. Eu só vô vim aqui com cinco dia, antes não venho nesse hospital — falei e ganhei uma bronca, e não foi pouca não.

Deu cinco dias e eu fui pra igreja, já na Congregação: *Meu Deus! Aquela criança vai morrê. Como que eu vou sepultar o menino? Eu não tenho dinheiro. O que nós ganha só dá pra mantê os meus filho, e essa criança merece dignidade.* Fui até o hospital, fiz aquela fichinha. Quando estava no corredor da pediatria, o médico veio atrás de mim, quase correndo.

— A senhora é a dona Geralda? A bem-aventurada? — foi o que ele me disse.

— Por quê?! O menino morreu?

— Morreu nada! Eu sou o médico dele. Fiquei escalado pra cuidá dele... Vem aqui. — O homem tava tão ansioso que pegou na minha mão e fomos pro berço do menino. Tava lá com as perninhas seca, comendo a mãozinha, uma fome!

— Dona Geralda, ele tá muito desnutrido, comendo devagar, tem uma fome que não caba, só que eu tô é animado! Tenho uma notícia que não é muito boa pra senhora não — ele disse não se aguentando. Toda vida o povo abre o livro pra mim, mesmo que é coisa de segredo.

— O que foi, dotô? — perguntei

— É, tô vendo um *zunzunzum* aí. Essa criança não vai voltá pro lado dos pai... Mereceu cadeia, a gente não processou porque confiamo na senhora quando disse que a mãe tava era lá podre, com sete dia de resguardo, infecção de parto, com disenteria, deitada numa canga de sangue. Mas já foi comunicado ao juizado de menor, o menino não vai podê voltá nem pra mãe e nem pro pai. A proposta é entregá pra senhora.

— Dotô, tenho é nove filho! Eu não tenho como criá filho mais não — falei na mesma da hora.

— Tem sim! Já foi fiscalizado a sua vida, como a senhora vive. Acredita que a senhora tem esse tanto de filho e nenhum teve internado?! Nem no Hospital do Gama, por onde a senhora rodou. Nenhum, nenhum! É sinal que a senhora é boa mãe. Com o tanto de filho que a senhora tem, todos têm uma alimentação adequada, as crianças são sadia! A senhora já morou no Gama, tem pouco tempo que a senhora mora nessa ocupação, leva sempre as criança pra fazê exame de verme, de sangue... É a mãe adequada — ele finalizou.

Eu visitei o menino e o pessoal do juizado que estava no hospital me chamou numa sala. A criança, mesmo chegando naquele estado, estava viva e se recuperando. Falaram que se eu não tivesse levado, tinha morrido. Falaram que eu poderia ficar responsável pela criança ou ela ia ser encaminhada para um lugar de adoção.

— Dotô, eu não posso falá que vou ficá com a criança. Ó o tanto de filho que eu tenho. Eu inclusive tenho uma com oito mês.

— É, mas são bem-criado — ele insistiu.

— Ó, eu vô falá com meu marido. Tenho um filho também que trabalha. Preciso conversá pra vê como que nós vamo fazê, se vamo ficá com o menino, se não vamo.

Já em minha casa, a mãe dele veio falar comigo, perguntou se o menino tinha morrido. Não contei que os médicos estavam me dando o menino, e ela mesma disse que queria me dar a criança — não podia comprar leite e tava sem leite no seio, tudo seco. Se fosse pra ele ir pra outra pessoa, ela ia buscar pra morrer com ela: ou ficava comigo vivo ou morria na casa dela. Na conversa lá em casa, Zeca disse que só ajudava a comprar leite se fosse homem, porque não aguentava mais aquela mulherada toda dentro de casa — já tinha seis —, e como era menino, ele aceitou eu escolher se ficava ou não.

O Gerson ficou bom! A hora que teve alta, levei pra casa. Foi registrado, eu como mãe e Zeca pai. O primeiro que me deram, lá atrás, não registrei, mas esse sim!

Zeca não gostou muito da ideia, porque, como não era filho de sangue, não conhecia as outras gerações. Não dava pra saber como ia ser quando fosse adulto.

Trabalhador! Ele cresceu e não tinha como ter alguém mais trabalhador, mas caiu numa perdição... Até 26 anos era um homem de valor, depois ele juntou com a mulher de um traficante — dizem que ele usa droga. Ela ensinou a ele tudo que não presta, não é um homem natural, é muito cheio de problema.

Não foi só filho que criei não! O primeiro neto meu chama Luiz Alberto, o segundo, Nidemar, e o terceiro, Aron. Eu tinha muita vontade de criar neto, e Deus me permitiu com esses três. Luiz Alberto criei até os 12 anos, e os outros, até uns 8, 9, 10 anos. São gente muito, muito inteligente esses menino, não formaram em faculdade, mas estudaram até o terceiro. São todos empresários e me ajudam muito. Só não mais porque eu não sou de tá pedindo, mas o que eu precisar, eles botam na conta: tudo trabalhador. Os meus filhos não têm, assim, profissão de advogado, doutor, mas desenvolveram a vida com trabalho honesto: pedreiro, mestre de obra, carpinteiro. As meninas todas são boas de cozinha, não são de fazer só um arroz, uma carninha, feijão... É cozinha profissional mesmo! Ganham dinheiro para cozinhar, fazem umas comidas, assim, mais elaborada. A Lúcia, a Fátima e a Maria são profissionais na cozinha. Eu sou contente nessa parte, muito contente mesmo! Nunca perdi uma noite de sono por maldades de meus filhos. Tem esse que eu criei — ele procurou esse problema... Sofri muito no começo, mas entendi que foi o caminho que ele escolheu!

Ser livre é ter uma vida livre, aberta. Ir até o Menino tranquilo e poder deixar até a porta aberta, sem tranca. Na cidade a vida é apertada, aqui é livre. Vida livre também é não viver no cabresto do marido, quem vive tem uma vida pestiada. Não pode ir ali porque o marido não deixa. Tem gente que não tem permissão nem pra falar o que quer. Era muito comum no tempo antigo... a mulher, quando era inteligente, nem falava nada, sabia que podia dar problema. Nessa parte era uma vida péssima, o cara no pé e a moça sem liberdade pra fazer o que queria. Eu vivi cinco ano assim, no pé do cara, sem ele fazer nada, e também não me deixar. É por isso que eu falo: isso não é vida. Nunca me atrevi falar com quem minhas filha tinha que casar. Elas casaram com quem quiseram — se não teve felicidade, é com elas, porque nunca me meti. Eu até falava o que achava de fulano e tal, mas nunca escolhi por elas.

As mães faziam a moça casar sem ela querer; se era de boa família, tinha que casar. O mundo tinha que modificar mesmo. Minhas netas eu xingo quando aparecem com essa palhaçada — se não gosta da pessoa, não casa. Eu quase não tenho nervoso com o povo que entra na minha família. Eu não me meto, não mesmo. Tanto que os genro fala: — A dona Geralda, minha sogra, não aperreia ninguém pra casá não. — O dia que eles quiser casar, casa! Também nunca introduzi que não pode largar; se não deu certo com um homem, larga e divorcia. Se chega uma neta minha aqui, ou neto, eu abençoo, e se falarem que não querem casar, abençoo do mesmo jeito. O povo hoje não é obrigado a ficar casado se a coisa tá ruim. Agora, meus filho não pode falar que abandonei ou larguei o pai deles e foram criado por outro homem que judiava deles. Isso não teve. O pai deles saía e largava nós sofrendo, depois ele voltava. E assim foi, até hoje. Hoje ele não sai quase, mas no começo ele sumia...

Já tenho um tanto de neto, bisneto... Além da que vai fazer 15, tem bisneto rapazinho, com 16 anos. São tudo normal, estudantes... Dos netos, esse ano forma um engenheiro, uma nutricionista. Tem neto que entrou na polícia... Outros já são formados. Não tem nada de tá com tristeza, tem que ter alegria! Quem eu era?! Nem comida tinha pra criar os filhos... Tá abençoado. A minha família é grande demais. É multidão.

Não tem como falar da família que construí sem falar de minha mãe. Ela foi muito importante na minha vida, me ajudou demais durante várias história de sofrimento. Quando os militares levaram as crianças pra lá, ela ficou numa situação muito pesada e cuidou de todas. Também me auxiliava com a situação de roupa, alimento, sempre. Um dia cheguei na casa dela com minha irmã e tava lá boa, lavando vasilha. Depois fez chá, que ela não bebia café — tomava era chá. Falou que não tinha café pra me dar e que eu era muito cafezeira. Fez também beiju e polvilho, e conversamos. No caminho de volta, eu disse pra minha irmã que ela não ia demorar a falecer, não ia durar muito tempo mais não — foi uma sensação. A minha irmã achou que era brincadeira, porque ela estava ótima. Passou uns dias, minha mãe adoeceu, deu uma dor debaixo da costela, e aí foi arruinando, arruinando... O Antônio Rezende, meu irmão, mandou me avisar que ela não tava bem e que ia levar ela lá pra Brasília, mas precisava passar no hospital de Arinos pra fazer o encaminhamento.

No hospital de Arinos ela foi internada. Na hora que cheguei, perguntei se ela queria ser internada: — Não, minha fia, de jeito nenhum, quero não. — Meu irmão perdeu a paciência, falou que os médicos não estavam dando conta de cuidar de nossa mãe, queria levar ela de qualquer jeito. Foi pra Brasília e lá muito bem cuidada. Também ficou internada, ao que chamaram meu irmão pra contar que ela tava na fase final. Era uma embolia pulmonar, uma coisa assim: uma mancha no pulmão — não tinha como salvar. Faleceu dessa doença. Foi muito triste pra mim. Muito dedicada pra família, sempre me apoiou.

Quando eu era jovem, minha mãe não era muito delicada comigo... assim, de nós tá batendo papo. Tinha dia que eu era malcriada pra ela, mas ela me cuidava bem, tudo organizado — aprendi com ela e assim fiz com meus filhos. Ela sempre fazia os gostos meu. Acabou indo pra igreja evangélica — me mandava bilhetinho pra eu ir lá conversar das coisas da igreja com ela. Não me chamava mais de Geralda, e sim de Gê. Ela sempre queria ir junto nos batizado e busca de Dom,[14] gostava muito. Quando Deus quer entrar na vida de um, ele não escolhe, não precisa ser crente. Tem dom de cura, de amor, é uma busca. Ela gostava muito de ir e depois me perguntava as coisas que não entendia. Ela chegou a

---

14 | Busca de Dom é um culto da Congregação Cristã guiado por um membro mais experiente, o ancião. É nessa reunião que a linguagem dos anjos se manifesta, e os fiéis encontram respostas e acolhimento de Deus. Nesses encontros, a manifestação divina não ocorre apenas pelo corpo do ancião, podendo acontecer em qualquer pessoa presente. São mensagens de cura, amor e outras buscas.

falar: — Ô, Gê, eu queria ser que nem ocê. Cê é desenvolvida. — Ela faleceu forte. Antes de ir pro hospital, fazia a comida, lavava roupa, limpava a casinha dela. Ela morava no lote do meu irmão, mas independente até o fim! A casinha dela ainda tá lá.

No funeral, um homem perguntou como podia alguém com a casinha tão bem-arrumada... Parecia uma casinha de boneca. Um podia chegar na casa de minha mãe, beber água e comer sem cisma. Eu nunca vi ela fazer mal a ninguém, e nem comprar e não pagar, ou fazer negócio e não cumprir a palavra. Aprendi com ela e até hoje sou assim também. Ela conseguiu aproveitar bastante os netos e os bisnetos.

Tem hora que preciso apelar pro espiritual — se ficar no material, eu caio

Marina tinha o nome da cidade que não aconteceu — do projeto abandonado. A filha dela, Helen Marina, sofria de uma artrite, fazia tratamento com especialista no Hospital de Base. Todo mês ela levava a menina pra consultar, depois passou a ir de três em três meses, seis em seis... A filha da Rita também fazia tratamento lá, até hoje faz. Quando um dia Helen já tava em Brasília com a Fátima, Marina passou aqui antes de viajar para encontrar elas e levar a Helen ao médico.

— Marina, filha, por que cê não vai até Arinos, liga pra Fátima e pede para ela levar a Helen mais a Rita, que já vai com a menina dela pra consultá? — eu falei pra Marina.

— Não, mãe! Eu não vô mandá não. O médico disse que é bom nós ir, as mães. Ele não gosta de intermediário. Não vô fazê isso não.

— Pois é, minha filha. Cê podia deixá levá.

Marina despediu de mim — eu ainda fui mais ela até a cancela do ônibus. Ela foi embora. Fez a consulta da menina e voltou, só que ao invés dela pegar o ônibus direto, ficou em Formosa. O Maneco, meu genro, marido de Rita, estava em Formosa, então as duas voltaram juntas, dormiram em Formosa e, no dia seguinte, vieram no carro com meu genro. Entre Formosa e Cabeceira, aconteceu o acidente, ela voou pra fora do carro, quebrou o vidro da frente, e quando caiu já estava morta. A Rita tava com cinto e ficou batendo lá dentro, machucando o corpo. Perdeu massa encefálica, quebrou a coluna em cinco lugar. Marina quebrou a perna, o pé, várias costela e rachou a cabeça. Não teve nem chance de sobreviver. Rita ficou oito meses no hospital, quase morta. Sobreviveu. Hoje só tem metade de uma massa do cérebro, coluna quebrada, um braço comprometido. Desde o acidente ela urina por sonda e tem uns problemas no intestino.

O marido de Marina, o Chó, estava com a filha mais nova quando ligaram pra ele contando do acidente e que Marina tinha falecido. Ficou louco, veio correndo pra cá. O tanto que ele e a menina gritavam... Eu aqui sozinha, tinha colocado água pra ferver, ia matar um frango pra esperar a Marina chegar de viagem e comer mais eu. Na hora, pensei assim: *Eu não vô pegá o frango pra matá não. E se ela morrê? Às vez até morreu, não vai comê e eu fico fazendo frango pra Marina... Que pensamento nojento esse meu! Eu vô fazê o frango.* Botei a água no fogo e escutei aqueles grito, grito, grito, grito! Fui lá na porta, subi em cima da calçada, escutei o grito da menina... Aqueles grito mais terrível! E o grito do Chó... E vinham subindo. Voltei pra sala, fui no banheiro, e eles entraram gritando e tirando cada um pulo![15] Eu saí do banheiro:

— O que que é?! O que que é?! — Eles não falava nada. Até que o Chó parou um pouquinho:

— Foi Marina que morreu!

Eu fiquei sem saber o que fazia. Eles não paravam de pular, gritar, chorar... Só consegui pensar em fazer uma oração. Puxei o braço do Chó e o da menina Esther,

---

15 | "Tirando cada um pulo", para Vó Geralda, significa dar pulos de desespero.

abracei eles. A dor era tanta que eu não tive força pra fazer outra oração, só orei o Pai Nosso. Quando cabei de orar, soltei eles — ficaram mais calmo. Pedi pra sentarem no sofá, os dois chorando, chorando.

Apanhei um galho de mexerica, um de erva-cidreira e de alecrim... Fiz um chá e dei pra eles, foram acalmando. Mexerica, erva-cidreira e alecrim são calmantes. Comecei a organizar nossa ida pra encontrar o corpo, dei uma orientação pra irem se aprontar. Chegou um primo de Chó pra ajudar, ele estava perdido. E a casa enchendo. Zezinho chegou com carro e fomos pro funeral em Arinos. O prefeito pagou do bolso dele o orçamento do funeral tudinho. A família ia juntar, cada um dava um pouco, mas ele não aceitou, disse que achava ela muito dedicada, que estava triste por ter perdido uma funcionária e queria fazer aquilo. Eu achei que ia morrer.

Antes de sair pra Arinos, eu pedi: *Ô, Deus! Tu está no céu e eu tô na terra atribulada de alma e espírito! Mas como tu é o pai da nação, pai da geração de Abraão, tu me concede uma graça! Eu vou encontrá minha filha que saiu daqui viva, inteira... Sei que ela morreu, mas quero vê o corpo dela como saiu daqui! Sem nem uma deformação. Sei que tá quebrada, mas não quero vê as deformação do acidente. Quero vê a minha Marina! Eu sei que tu é poderoso. Amém!* Pedi gritando... Mesmo com o acidente horrível, ela não inchou nadinha — do jeitinho que ela saiu daqui, ela tava! Todo mundo admirado como uma pessoa morre daquele jeito e não tinha nada, nada, nada deformado. Eu tinha pedido a Deus para não ver o horror, e ela estava com o mesmo corpo, o mesmo rosto. Foi difícil demais adaptar viver sem ela... Até hoje é...

No começo era chocante pra mim conformar com a situação da Rita, a filha que eu tinha, trabalhadeira, mulherona destacada, toda quebrada numa cadeira... Não era fácil. Só que ela foi muito cuidada pela medicina. Primeiro no Hospital de Base, depois no Sara. Hoje ela faz um tratamento muito sério lá. Os médicos falam que o caso dela é muito complicado, mas ela evoluiu muito. Rita tem contentamento de viver, sempre alegre, não tem tristeza. Ela é igual eu. Passa tudo e não culpa ninguém, fica responsável pelas escolhas que faz e as consequência. É alegre, ri, canta, ora, conversa com todo mundo, pobres e ricos... Vai nos lugares toda feliz! Eu não tenho, assim, mais drama pelo que aconteceu com ela, porque Rita vive contente.

No Sertão você é livre, livre e não tem medo

Hoje ainda moro na casa da antiga sede da Fazenda Menino. Esse lugar tem história! Achei bom demais voltar pra cá — aqui tenho paz, muito neto, bisneto... A casa é grande e consigo juntar todo mundo. A maior alegria minha é quando chega um aí e espalha prum lado, pro outro. A sala pode juntar tudo — dá para encher de gente. Eu tinha tristeza pela cozinha, não era muito adequada, malfeita... O tempo passou e ganhei de um neto da vida uma espaçosa, 10 metros de comprimento e cinco e pouco de largura: ótimo pra família grande. É uma alegria e um contentamento. Caminho pra lá e pra cá de felicidade. A hora que chega filho, neto, amigo, tem lugar pra cozinhar, hospedar. Falta ainda melhorar os aposentos de dormida. Com o tempo vai acontecer, acredito! Com essa cozinha, aumentei uns dez anos de vida por conta da alegria... Eu desejei muito!

Eu tenho prazer de viver na terra... Tem dia que eu fico chocada — já podia ter ido, tanta coisa que eu já passei... Aí vem a hora que as minhas filhas chegam, meus netos! Ô, que alegria! Eu sabia que os caminhantes do sertão um dia iam chegar, eu sentia nas minhas oração. Deus falou que eu ia receber uma multidão. Eu não entendia aquilo, e o Sertão Veredas veio. É uma felicidade a hora que chega aquele povão, gente de tudo quanto é lugar. Mesmo depois da caminhada, continua vindo gente me visitar. Querem escutar as histórias.

A vida minha é um livro: eu não tenho coisa de esconder. A situação de vida, como levei, como fui criada, o que passei, as afronta, ameaça de morte, as lutas. Saber que não é tudo que a gente passa que a gente retruca. No começo da vida, se um cara falasse que ia me matar, eu matava ele antes! Mas fui aprendendo... Já tive filho que eu ia pescar pra dar de comida. Botava um couro de carneiro e fazia um colchão de botar o menino — peladinho — em cima da areia. Pobreza. Hoje, se eu caísse numa pobreza daquela, eu agia! Teve época que eu deitava no chão, botava fogo pra esquentar os meninos no mês de junho, e eu, nova, não tinha força de ir no brejo fazer uma esteira. Se fosse hoje, eu conseguia organizar, pedia uns olhos de buriti[16] pra fazer as esteiras — na idade que tô, não passava uma situação daquela mais. Eu também não sou revoltada com o que passei. Eu tinha que passar pra contar pros outros. Eu não tenho revolta que enxergo pouco. Quem sabe se eu enxergasse muito era pior, cada um recebe sua porção.

Fui bem criada. Agora, depois que casei, só Deus na causa. Não reclamo por causa dos filhos. Se os filhos é bom, os neto dobra. Os netos é uma bença pra mim. Hoje eu tô no céu.

Tem gente que para aqui e diz que quer escutar mais e mais minhas história. Eu falo: — Ô, dozinha! — Às vez tem gente que chega ansioso pra escutar as histórias e não tenho coragem de contar, e pro Sertão eu abro o livro. É o anjo do sertão![17]

É um banquete de alegria receber os caminhantes todo ano. O Sertão Veredas modifica a vida. Um tanto de gente daquele! Tem vez aqui que chega até cem, cento e

---

16 | A expressão "olhos de buriti" refere-se às folhas novas do buriti, que são usadas na confecção de esteiras de palha.

17 | Refere-se ao projeto O caminho do Sertão.

poucas pessoas, e todo mundo é uma coisa só! Eu conto minha história, mas não dá pra falar a fundo, porque toma muito tempo. Tem dia que tenho muita ansiedade, estresse, fico preocupada de repetir as coisas, de tá falando errado. A própria história minha na Fazenda Menino eu acabo não contando tudo, vou saltando por cima pra não ficar muito prolongado. Só que eu gosto. Eu falo que tem na internet, nos livros — o povo pode procurar —, mas eu gosto demais de sentar e passar essa história. O povo faz perguntas, cada um fala de jeito diferente. Sempre falo pros meu filho: — Ó, o Sertão Veredas é uma coisa que me ajuda muito! Aprendi, aprendo ainda na vida. Estou aprendendo.

As coisa que eu mais tô com desejo é a geodésica[18] do meu quintal, e fazer uma pousada aqui, organizar isso. Acredito que com o tempo vai acontecer normalmente. A geodésica porque muita gente vai sair de longe pra vim ver construída. Ela também é um lugar que pode dormir, um apoio pra pessoa que quer um lugar bem adequado pra descansar, ler... Muita gente chega aqui e quer ler, ficar mais quieto, e todo mundo junto conversando acaba atrapalhando. Lá o povo vai poder estudar, colocar o material numa mesa, fazer o que deseja. Quando vem muita gente, dá pra colocar lá, não precisa ficar acampado no quintal. Tem gente de tudo quanto é lugar que vem — já veio até drone filmar aqui, reportagem... Com a geodésica, vou poder receber ainda mais gente. Um vai contando pro outro que aqui tem lugar bom pra dormir. Eu sonho com isso.

---

18 | No quintal de Vó Geralda, há uma estrutura geodésica de bambu. São polígonos, a maioria triângulos, que formam um domo. Está inacabada, falta a cobertura.

Morar no Sertão pra mim é a maior alegria! Não gosto de cidade. Quando eu entro na cidade, já fico triste. No Sertão você é livre, livre e não tem medo... A única coisa aqui é cobra, medo de ser picado por cobra, escorpião, caranguejo. Mas isso é coisa que só Deus livra, quando não tem que ser mordido... Nasci, criei na roça e tô na roça, e nunca fui mordida. Tenho uma proteção. A vida pra mim é coisa boa que Deus dá, mesmo nós passando em valada, pulando pedras no caminho. Um dia tem tristeza, no outro, alegria. Esse lugar é de paz. Muitas pessoas atribuladas, com a cabeça cheia de coisa, quando chega aqui esquece tudo.

As mulher do sertão é forte, não tem preguiça. É trabalhadeira, recuada, porque gosta de ficar em casa tranquila, mas quando é destinada, capina, planta, ara trator, tira leite, roça, cuida de horta, cria galinha, faz tudo, é completa. Não de caneta e de livro, mas de força! Homem do sertão até faz essas coisas, mas não cria filho. A mãe do sertão, com um braço segura a criança mamando, com outro planta... bota a criança num paninho no chão, na sombra, embaixo de uma árvore e capina o dia inteiro. Hoje, tá um pouco diferente, mas no meu tempo era assim. Eu deixei muito tempo meus filhos numa sombrinha, com um mês, dois de nascido, e passava o dia plantando.

Já veio um monte de homem aqui fazer proposta pra comprar a terra. Fizeram oferta pra eu desocupar a casa, de um dinheirão, 800 mil, e ainda fazer uma casa ou predinho em alguma outra área pra eu morar. Também me ofereceram 1 milhão e meio, falavam que era bom pra eu sair dessa vida de roça. Ninguém entendia por que eu não aceitava, e eles não parava de aumentar a oferta, até que eu disse: — Sabe por que eu não vendo? Cê não sabe o quanto eu gosto desse lugar! Posso vendê pelo que for, mas não vou ter mais contentamento de viver. — Foi até o Adão Machado que trouxe um povo aqui pra comprar. Falaram que eu ia poder morar em bairro de rico com o dinheiro todo. — Adão, pode falá pra eles que só depois que eu morrê. Aí meus filho quisé vendê, vende. Agora eu não tô aqui pra vendê terra, nem por dinheiro. Tô por dinheiro não. Esse tanto de dinheiro não sei nem pegá. — Pensaram que eu era doida, horrorosa; ficar nesse lugar, recusar esse dinheirão. Adão disse a eles: — É... deve tê alguma coisa nesse lugá pra ela não querê cedê.

Eu creio muito nas coisas espirituais e nas materiais também. Como eu disse antes, outras pessoas tentaram contar essa história. Muita gente veio aqui, tudo pessoa boa. Quis fazer livro, filme da minha história — eu não sentia confortável... não conseguia contar! Agora estou aqui falando o que quase não conto pra ninguém. Eu senti alegria nessa contação toda.

Aos que se foram

No correr da elaboração do livro, Vó Geralda precisou se despedir de duas pessoas: sua neta Camila e Zeca. Para finalizar a travessia de seus desejos, incluímos a seu pedido uma homenagem.

Seu Zé

Vó Geralda não queria se casar com seu Zé. Já ele, assim que a viu não conseguia parar de segui-la, ficou encantado. Casaram. Viveram tempos difíceis e tiveram filhos incríveis, uma família-multidão — tudo aqui no livro. Talvez o que falte é dizer que ele pegava os ovinhos das galinhas e mostrava para todos os visitantes com muita alegria. Adorava uma Coca-Cola e fazia cara de criança desejosa quando via uma garrafa; também colhia frutinhas e sempre as oferecia. Deitava na rede e fingia estar descansando, quando, na verdade, tentava escutar as conversas. Levou cada bronca, seguida de vassourada, de Vó Geralda. Banho de rio, cuidar da terra, caminhar e andar de bicicleta. Para todo lado há elementos de um Zeca que não está nas histórias. Vale lembrar que ele tinha a pontaria de Riobaldo.

Certo dia, foi atrás de lenha, mas o sertão é tamanho que não há como prever seus perigos. Atacado por um enxame de abelhas, levou uma quantidade incontável de picadas. Foi encontrado quase morto, resistiu, mas faleceu depois de alguns dias no hospital. Antes dele sair, Vó Geralda ainda o alertou que não era hora dele ir. Foi a última briga dos dois. Ainda em luto, Vó Geralda continua narrando com força a história complicada que tiveram, mas ela, com a partida de seu Zé, percebeu que uma coisa eles tinham em comum: o amor por uma terra e a vontade de permanecer ali. Foi seu companheiro de Fazenda Menino. Descanse em paz, seu Zé.

Camila

Camila era uma menina do sertão, criada no colo de Vó Geralda. Todos a definem como um amor de pessoa, linda por dentro e por fora. Filha de Rita, aprendeu muito cedo a cuidar. Tornou-se técnica em enfermagem e iniciou seus estudos para conseguir o diploma de enfermeira — mas, na prática, ela sempre foi uma. Perder Camila é a dor maior dessa família, sentimento que se ramifica em muitas histórias.

Ela tinha uma dor. Ainda criança, foi atacada por um monstro. Todos os horrores. Um homem adulto, criminoso. Medo daquele que sempre estava por perto, medo do mal que poderia fazer aos seus amados, e o último e principal: medo de um sertão que não acredita nas meninas e mulheres. Cresceu com essa dor lá dentro, remédios, tratamentos... Um dia o monstro foi preso e uma parte do sertão continuou sem acreditar em Camila e nas outras vítimas. Não demorou muito e ela se foi de causas misteriosas. Seu coração parou. Camila deixou sorrisos, carinhos e cuidou de muita gente — seu dom era fazer as pessoas se sentirem melhor, atuar na dor do outro. Descanse em paz, menina encantada!

Chegou a hora de o sertão, em sua totalidade infinita, acreditar e proteger suas meninas, mulheres, Camilas!

Agradecemos!

Em multidão se faz um livro. Este não seria possível sem o apoio de toda a família de Vó Geralda, que nos acolheu da forma mais carinhosa possível. Deixamos um abraço especial a Helen, filha de Marina, que acompanhou parte das gravações e ficou bem pertinho durante todo o processo. E muito carinho aos que acreditaram no projeto, nos incentivaram e caminharam ao nosso lado até o final, em especial: Cecília Marks e Rosa Haruco. Obrigada aos participantes da Oficina de Leitura João Guimarães Rosa, que contribuíram generosamente. A Isabel e Martha o cuidado e a escuta da última etapa. Também agradecemos aos apoiadores generosos que enxergaram a potência da história e contribuíram para que a publicação pudesse ser concretizada: Abder O., Alice G., Ana Maria, Ana G., Ângela, Anne R., Antonio A., Antonio B., Antonio L., Arlete, Arnaldo F., Aron, Berta P., Bruna T., Camila H., Camila P., Camilla A., Carla R., Carolina P., Cibelle S., Cipriano G., Conrado O., Cynthia M., Daniel A., Danielle R., David E., Demian M., Ecila, Edson M., Elis Camila, Elizabeth F., Elisabeth N., Elni Elisa W., Esther M., Franciely A., Gabriel M., Georg O., Guilherme A., Guirá, Haydee K., Helen B., Isabel C., Ivanir R., Jane A., José M., Juan, Kenia C., Lia G., Luana, Magaly L., Marcia M., Marcos J., Marcos S., Margareth M., Maria, Maria C., Maria C. F., Maria L., Maria M., Maria N., Maria S., Marlene M., Miguel, Moisés, Oswaldo M., Patrícia C., Paulo B., Paulo S., Pedro N., Raimundo S., Rejane C., Roberson M., Roberto A., Rodrigo S., Rosa H., Sonia E., Sophie M., Susumu Y., Sylvia L., Tadeu R., Tamara A., Thais K., Valéria, Vania C., Vitor G., Wedres, Wedres F., Wesley, William B., Willian P., Xenia P., Yara F. e Zilly.

FILHOS
NETOS
BISNETOS

11
13
9
12
14
13
14
10
22
15
15
10
11
22
23
16
23
4
7
24
9
24
28
29
36
6
1
28
37
2
8
9
7
5
6
5
4
2
3

Família da Vó Geralda e Seu Zé

FILHOS

1. Zé Petronílio 2. Jezinho 3. Fátima
4. Lúcia 5. Maria do Carmo
6. Antônio 7. Marina† 8. Paulo
9. Rita 10. Ana Maria 11. Gerson

NETOS

1. Ronan 2. Ronei 3. Roniça
4. Rosângela 5. Fernando
6. Fabiana 7. Fabiara 8. Franciele
9. Flávia 10. Luís Alberto 11. Viviane
12. Lilia 13. Demian 14. Nidemar
15. Oron 16. Vitória 17. Graziele
18. Gisele 19. Greice 20. Gabriela
21. Rafaela 22. Wedres

23. Helen Marina 24. Esther 25. Felipe
26. Paulo 27. Henrique 28. Elis Camila †
29. Elis Bruna 30. Geovani 31. Jéssica
32. Arthur 33. Pedro 34. Sabrina
35. Samuel 36. Ludimila 37. Jean

BISNETOS

1. Júlio César 2. Juliana
3. João Miguel 4. Jeferson
5. Jonathan 6. Venicio 7. João Vitor
8. João Luís 9. Angeline
10. Valentina 11. Davi 12. Sofia
13. Alan 14. Lanah 15. Clara
16. Larissa 17. Eduardo 18. Pietro
19. Enzo Gabriel 20. Ana Laura

† in memoriam

21. Maria Fernanda   22. Antone
23. Eurico   24. Isaque   25. Sofia
26. Theodoro   27. Gael
28. Maria Valentina   29. Maria
30. Miguel

© Relicário Edições, 2024
© Geralda de Brito Oliveira, Isla Nakano & Renata Ribeiro, 2024

Dados Internacionais de Catalogação na Publicação (CIP) de acordo com ISBD

O48p   Oliveira, Geralda de Brito

A porta aberta do sertão: histórias da Vó Geralda / Geralda de Brito Oliveira; organizado por Isla Nakano, Renata Ribeiro; ilustrado por Paula Harumi. – Belo Horizonte: Relicário, 2024.
244 p. ; il. ; 15,5 x 22,5cm.

ISBN 978-65-89889-90-8
1. Oliveira, Geralda de Brito (Vó Geralda), 1941- – Biografia. 2. História oral – Sertões – Minas Gerais. I. Nakano, Isla. II. Ribeiro, Renata. III. Harumi, Paula. IV. Título.

CDD: 920.72
CDU: 82-94

Elaborado pelo bibliotecário Tiago Carneiro – CRB-6/3279

COORDENAÇÃO EDITORIAL Maíra Nassif Passos
EDITOR-ASSISTENTE Thiago Landi
ORGANIZAÇÃO & EDIÇÃO DAS TRANSCRIÇÕES Isla Nakano & Renata Ribeiro
TRANSCRIÇÕES Aline Ribeiro, Fernando Amaro M. Neto, Isla Nakano, Luis Fernando Catelan & Renata Ribeiro
PREPARAÇÃO Maria Fernanda Moreira
REVISÃO Thiago Landi
PROJETO GRÁFICO, DIAGRAMAÇÃO & CAPA Tamires Mazzo
ILUSTRAÇÕES Paula Harumi Honda
PRODUÇÃO Almir Paraca, Raul Sampaio & Sandino Ulchoa
PESQUISA DE HISTÓRIA ORAL Isla Nakano
PESQUISA HISTÓRICA Renata Ribeiro
GRAVAÇÕES & DIREÇÃO AUDIOVISUAL Raul Sampaio

/re.li.cá.rio/

Rua Machado, 155, casa 1, Colégio Batista | Belo Horizonte, MG, 31110-080
contato@relicarioedicoes.com | www.relicarioedicoes.com
@relicarioedicoes / relicario.edicoes

1ª EDIÇÃO [2024]

Esta obra foi composta pelas tipografias
Bespoke Serif e Leafy e impressa em papel
Avena 80g/m² para a Relicário Edições.